U0586877

文治
© wénzhi books

他人

[韩] 姜禾吉 著

简郁璇 译

台海出版社

目录

第三部

第一部

贞雅

只要想起那一天，脑海里的画面就会逐渐变得透明。我身上究竟发生了什么事？又留下什么记忆？

有一个小小的湖，散发出浓浓的水腥味。每逢下雨天，不仅在湖畔，就连附近的村庄都能嗅到那股气味。发潮的腥味飘散到四周，沉甸甸的潮湿空气与落下的雨滴一同在水面荡漾。我茫然地在周围游荡，肆意踩踏着路旁的小草。

你问我发生了什么事，我犯了什么错。

直到运动鞋底沾满清香味前，我不会心满意足；直到运动鞋的尾端粘上被踩躏的苍翠草叶前，我无法安下心来；直到宛如悲鸣般腐烂坠落的青草味灌入身体深处前，我没有办法遗忘。我即将面对的是我那被水腥味所浸濡的身体正散发出腐臭味的事实。

我没有把那件事长久记在心底，如今它却如昨天才发生般深刻鲜明，又如经过数百年般遥远缥缈。

那个呼唤我名字的声音——

知道的，有更多人跟你站在同一阵线。"

可是，没一会儿便悄然无声了。我忍不住哭了起来。

天啊，我觉得好失落！虽然我故意不接电话，却没想到手机铃声停止后会让人这么失落。孤单粗暴地朝我袭来，胃里一阵翻腾。我的内心如此容易被看穿，却又如此荒凉枯竭。

就像去年夏天的那一天，男友勒住了我的脖子。

是啊，这是个愚蠢无比的故事。

最近我最羡慕的人，就是认为我的故事毫无意义的人。我希望能像其他人一样，认为我是个无法理解的女人。

我想用那种眼光看待自己，成为与永远无法理解、也不想了解的我彻底无关的他人。我想用充满叹息的声音，呼唤我的名字。

"我的天啊，贞雅，你究竟为什么那么做？"

真希望"感觉"这件事可以自行选择。我讨厌害怕有人离开我，也讨厌觉得自己会成为被抛弃、毫无价值的人。我希望被人发现我很在乎这些事之后，即便被随意对待、被别人牵着走，也能停止暗自安慰自己没关系。我想变得干枯贫瘠，不想有任何感觉。此时我所需要的是躺在没有半点水汽、彻底干透的干草堆上，嗅闻干爽的草味，直到体内的水汽彻底干涸。那么，某天我就能看着某人潮湿的心，边叹气边询问：

"我的天啊，你究竟为什么那样做？"

为什么和他分不了手？

他曾是我的公司主管，那是他第五次对我施暴。

那一天，我报了警。

别再想了。

我猛然站起，在炉上煮起水，打算喝杯红茶或咖啡，但各种想法有如线团般接连出现，在脑海中杂乱地纠缠在一起。

确实就像丹娥说的，不是所有人都在骂我，也有人说我很勇敢，愿意出手帮忙。我虽然很感激他们说了这些话，但丢脸和羞愧的心情没有因此消失。有时我会觉得，不是因为他对我做了什么，而是这件事被大家知道，让我感到更加畏缩。

"嗒嗒"声响起，火花往上蹿的同时，我关掉炉子开关，从冰箱中取出水瓶。冰水从喉头咕噜咕噜冲下。我仍想喝点咖啡或茶，只是觉得好麻烦，不想做任何需要耗费心神的事。

究竟是为了什么？

咨商中心的医师建议我为自己做点事：吃爱吃的食物、将家里打扫干净、运动，还有和人对话。我只去咨商三次后就不再回诊，感觉医生倾听我的故事时表现得很刻意。

最后一天，医师给了我一张纸，说要进行问卷调查，但在勾选每一项时我都感到痛苦万分。比如，其中有这些问题：你经常感到孤单吗？你经常觉得自己一无是处吗？你经常觉得无法控制情绪吗？

我忍不住想，网络上流传的心理测验都比这些来得好。最后一行出现了这道问题——

你有被害妄想症吗?

我没有再去医院,也没有遵守医师叮嘱的任何事项,今天尤其如此。垃圾桶内堆满快餐的包装纸,发丝和灰尘在房间地板上滚来滚去。反正没有特别的事要做,除非是为了把堆积如山的垃圾丢掉,不然我都不会走出家门一步,在家里也几乎不会移动身体。我在网上订购食材,要是订不到就索性不吃。

辞掉工作后,整整三个月都这样度过。

我是一个很糟糕的失败者。

每当我贬低自己时,丹娥就会说:"这不是你的错。"

我知道,所以我很想见到丹娥,但讨厌听到这句话。我很想感受别人的温柔,但发觉自己需要不断被安慰,令我感到痛苦。对我来说,以赤裸的模样示人,并不会因为这个人是朋友而比较不丢脸,而且每次和丹娥聊天,我都必须竭力避免自己崩溃。我不想被她发现,其实我已残破不堪到令她难以招架的程度,很怕丹娥会用充满惊恐的眼神看我。要努力隐藏满溢出来的不安感是件很吃力的事,但花费力气又令我烦躁不已。我虽不想失去丹娥,但也不想付出努力。拥有这种心态的我,确实是个很糟糕的人。

脑海突然涌上极为骇人的想法——

没错,正因为我是这种人,他才会出手打我。

我连忙再次取出冰水,慌张地大口灌下。尽管努力想抑制这个想法,最后耳畔仍响起了他的嗓音。每次打我时,他都会说:

"别以为这样就结束了。"

审判结束后，法院以伤害罪对他处以三百万韩元罚金。

我的胸口瞬间冻结了。

要是有人遇见现在的我，可能会认为我很懦弱，但我不是一开始就这样，我的懦弱是后天形成的。

我以为只要接受警方调查，他就会被软禁在家或受人监视，但这些情节都没有发生。我对于法律太过无知，以为法院会给予被害者保护措施的想法也很天真。当然，我可以申请禁止接触令，但这需要时间。我必须证明为何他不能接近我，并且要有人承认这些证明事由。我对法律一无所知，不知道审判会耗费这么长的时间。我带着他总有一天会被惩罚的想法耐心等待，不知不觉就过了五个月。

我可以把这件事告诉公司，申请调动部门，或反过来让他被调去别的小组，但比起和他打照面，我更讨厌大家知道我的事。况且，和他交往的一年间，我在公司没有任何朋友。刚开始是因为我很怕生，很少和同事往来。后来是担心大家会发现我们的秘密恋情，不敢和大家建立太深厚的交情。再后来，则是不想让任何人知道我的遭遇。之后，我数次提高了业绩，从此就变成孤零零一个人，我还没成为大家的好同事，就先被贴上竞争者的标签。我无法想象向这些人吐露我的故事，请求他们的协助。

我不认为有人会站在我这边。

后来，我的事传了出去，我从某人口中听到"没想到你会这样，你看起来不像是会碰到这种事的女生"。

看起来像是会被深爱的人打的女人到底是什么样子？还有他，我所交往的人，殴打自己的伴侣，还低声威胁要杀掉对方的李镇燮，在大家面前又是何种面貌？

有件事我可以确定，他是个帅气的男人。直到现在我还记得清清楚楚，他拥有超过一百八十厘米的高挑身材，眼睛深邃，鼻梁高挺，从远处都清晰可见的五官，无论走到哪儿都吸引众人的视线。但该怎么说？毕竟他不算有个人特色，尽管外表出众，给人的印象却很模糊。因此，很讽刺的是，跟他在一起时，反而不太有遇到身材魁梧的男人时会有的紧张感。他不会强烈展现自己，或做出突显自身存在感的举动，就算真有那种举动，似乎也会因为个人形象模糊而不显得夸张。说起来真可笑，我最能清楚感受他的时刻，竟是他俯视着我，勒住我脖子的时候。每当我整个人平躺在地上难以呼吸时，都能仔细端详他的脸，因为那张好看的脸蛋不偏不倚地落在逐渐模糊的视野中央。

他很清楚自身的地位。他曾跟我说过，有阵子身边的所有女人每天都向他告白。他又说，过去从不曾和我这种个子矮小又皮肤黝黑的女人交往。他非常强调自己的审美观，并对此深信不疑。

"我喜欢皮肤白皙柔嫩的女人，"他说那种女人适合自己，"和我站在一起的画面很登对嘛。"不过那种女人不常见，他也从来不轻易称赞任何女人漂亮。我没有生气，因为他凑到我耳边，对怯懦畏缩的我说："可是，你让这一切都变得不重要。"

他说的话就像一面左右颠倒的镜子，在那面镜子中，我的脸有了一百八十度的翻转。尽管一旦他的自信消失，我就会变得一无是处，但被翻转后的我总笑得很开怀。那样看起来很美。

有人留言：就为了这点甜言蜜语而失去自我，这女人真可悲。

我希望大家都能一直那么自信满满。如此一来，哪天碰到意想不到的状况时，就会更容易瞬间崩溃。

虽然他把"选择"我这件事视为理所当然，却不认为我选择了他。当然，他错了，我也选择了他，而且我也有一定的把握。红鞋？我不知道自己会跳舞跳到死为止？不，这点也说错了，因为我连自己跳起舞的事实都没发现。正因为我相信正在起舞的两条腿不是我的，所以我很确定，自己绝对不会爱上他那种男人。

那时也是夏天，我是刚进公司的新人，他是我的部门组长。第一次加班那天，我吃完晚餐回来，他避开其他人耳目偷偷找我过去，悄悄将几份过去处理工作的方法和整理过的资料递给我，同时递给我一杯咖啡。咖啡闻起来很香。

光凭这些是不够的，这点花招才不管用。

除了知道他长得好看，我还知道很多关于他的事：他能力很强，大家对他赞誉有加，所有女同事都喜欢和他说话；他是富二代，是某位高层的亲戚，是人人欣羡的对象；以及他从不怀疑自己是个好男人。

递咖啡给我时，他的指尖碰上了我的手。

"碰上棘手的事就告诉我，我会帮忙。"他说。

那一天，我并没有误解他的意思，却开始放任一个许久前就被压扁的球在心中尽情膨胀。

那是一份感情，一份记忆。

当年的我二十岁，转学到首尔的大学前，我就读于全罗北道安镇市的大学。从我的故乡八贤郡搭乘一个小时的公交车就能抵达安镇这个小城市，它是个留有浓厚日强占期色彩的地方，有许多红砖建筑与蓝瓦房。安镇有一座小小的湖，只要到了下雨天，湖水潮湿的气味就会渗入发丝。十七岁的我来到了安镇，在二十一岁时离开。

遇见贤圭学长前，我以为长相帅气、家境富裕又有能力的男人只会受到女人欢迎，但并非如此，男人对他们的喜爱更甚女人。因为和刘贤圭走得近可以拿来炫耀，感觉自己成了和他平起平坐的人。假如与谁来往会决定自己的地位，那么他就像是一个无法实现的梦想般遥不可及。

所以，我也忍不住做了梦，喜欢上他。这是我的梦想，我想小心翼翼地偷偷珍藏着。倘若没有被学长的女朋友发现，它应该会成为一份极为美好的回忆。

那个女生是我的同学，各方面都和我截然不同。只要站在她面前，我就会显得更加寒酸渺小。当时我仍有着高中时期肥嘟嘟的身材，与现在无异的黝黑皮肤，而且无法适应系里的主修科目，成绩一塌糊涂。最重要的是，我总是孤单一人，无论去哪里都无法融入团体，我总是尴尬地抚摸着未干透的头发，斜眼偷瞄大家。看到那样的我，难道大家就不能施舍一点慈悲给我吗？我听到有人背后说我也不称一称自己的斤两，也有谣言说我追着贤圭学长跑，还有更多流言蜚语接连出现。这件事虽不能说是压死骆驼的最后一根稻草，但我确实因此在大二结束那年转学到了首尔的学校。我下定决心，这种事绝不会有第二次。

所以，我才不会因这点小事而动摇，不会为了多看几眼他那好看的脸蛋，让我再度变得满身疮痍。这点我有信心。

但是，他递给我的咖啡真的好香。心中的球鼓了起来，曲线逐渐扩大绷紧。啜饮咖啡时，他的指尖碰触的地方变得好温暖。不久后，他又请我喝咖啡，再之后是给了零食。他发短信问我是否平安到家了，问我周末有何计划。要是有人问，这些事重要吗？我会回答，很重要。被某人捧在手心上呵护的心情，就像是有闪烁的火光渗入宛如简陋空屋般的内心，这件事至关重要。我，已开始跳起了舞。

夏天迈入尾声时，他约我出去。

他说，想再见我一次，想一直见到我，他说自己好幸福。

每次他把我当成一堆衣服蹂躏时，我都记得那份情感。他分明是爱我的，只不过是变得有点不一样罢了。那么，他就不能再次改变，回到从前吗？也许他只是有些累了，也许是压力大到令他难以承受，才会陷入低潮。他的孤单会不会是我造成的？也许这件事必须怪我，因为我没有猜到这件事，没有事先看出端倪。加把劲吧，只要我对他好，只要他再次萌生过往看着我时所怀有的感情，我们就能像当初一样幸福。

第三次打我那天，他说："我是个很温柔的人，是你没办法唤醒我体内的温柔，你难道就不能帮帮忙，让我变得温柔一点吗？"

我知道这些心意相当珍贵，但我并不想死。在经历第五次几乎窒息的瞬间后，我发现这个想法更重要，所以报了警。

下定决心和他分手后，过去的盼望都变得毫无意义。我不想受到他的肯定，也不想被他所爱。啊，没想到这件事这么简单就破解了，没想到这件事会如此一文不值。忍受他的所作所为，忍耐身体被猛力压制的那一刻，真的、真的好痛苦。不过，他当时应该很惊慌吧？毕竟他已经很习惯我默默承受一切的模样。

我不接受私下和解，也不接受他的道歉，并要求他别再打电话给我。我说，他应该受到刑事惩罚。我还记得他当时的表情，要是可以打我，他早就出手了。审判耗费了五个月，但真的很可笑，因为结果被他料中了。

"别以为这样就结束了。"

我不是一个懦弱的人，不想成为懦弱的人，也不想让他记得我是个懦弱的人。

可是，罚金竟然只有三百万韩元？

我每天都必须见到这个说要杀掉我的人，他会放过我吗？就算不会私下找我麻烦，他在公司里能秉公无私地对待我吗？不会故意刁难我，对我使什么手段，或向大家散播奇怪的谣言吗？各种担忧排山倒海而来，令人既气愤又委屈。当时我彻底清醒，问题不在于被大家知道这件事，而是我需要受到保护。

经过一番苦恼，我将我的故事放到网上。

虽然那是个发表电影评论的留言板，但我还是上传了。我把他打我的次数、骂我的内容、伤痕严重程度、医院诊断书照片以及判决内容全都上传。这是我所知道的留言板中人气最高的，我心想，里头有影评人和杂志记者，也许我能通过媒体得到帮助。

下初雪那天，我的文章被写成报道，他则获得带薪假。但我没想到，这件事至此才刚揭开序幕。

你要像个大人嘛

贞雅小姐，我知道你对我们很失望，但你先听听我们怎么说。不瞒你说，我不认为这件事需要解释这么多，虽然不知道怎么会被媒体爆出来，导致双方出尽洋相，不过说实在的，这件事等于是让公司名誉扫地。不是吗？公司必须是个稳定的空间和值得信赖的地方，要是发生了什么事，就必须相信它会有所应对。公司能够信赖你们吗？我对恋爱是不太懂啦，但为什么要让这件事影响到公司？为什么要放到网络上？你应该来找我嘛。我当真一点都不晓得，因为贞雅小姐一点都不像会碰到这种事的女生。总之，你应该来找我。究竟为什么那样做呢？把公司和你的名字弄得尽人皆知，这是在搞什么玩意儿嘛！贞雅小姐，我们是旅行社，是靠形象吃饭的公司，你非得让身为本部长的我为了这种事叫你过来不可，知道你的行为有多不负责任吗？你对整个公司的营收造成了相当严重的影响。

你在网络上说你没办法信任公司的处置，才选择以这种方式申诉，知道这导致公司员工的士气变得有多低落吗？公司可能会向你追究法律责任。

何必这么惊讶？先前不知道吗？你没想过该为自己做出的行为负责吗？你曾经向公司求助过吗？是因为我们拒绝了才在网络上爆料吗？不是嘛！你却说是因为无法相信公司，这不是谎话吗？这是在说谎，你说了谎！

李组长对我来说就像儿子，我亲自去劝那孩子休假，毕竟这种行为本来就要不得。我也是个"女权主义者"呢，我对我们家老幺进行了很彻底的教育。他今年十岁，我每次都告诉他："女生是需要被保护的，如果其他男生打断你的鼻梁，你要立刻还手揍回去，但碰到女生就不可以。"就算是打闹，我家儿子也绝对不打女孩，他不会捉弄对方后逃跑，也不会恶作剧弄哭女生。他是个斯文乖巧的孩子，可是，有群女生偶尔却会反过来打他。现在的女生都很强悍粗鲁，大概是我们家孩子很斯文，女生以为自己可以靠力气赢过男生，跑过来对他拳打脚踢，搞得鸡飞狗跳。大概是打男生能让她们感觉到某种痛快吧，却不知道其实是我们家孩子手下留情。我啊，觉得女生的父母也要清醒点。分什么男生、女生呢？挥拳这个行为本身就是个问题，要是女生对男生挥拳，也应该要给她一点教训。

我就是担心男人可能会力气控制不当，闯下大祸，才教育他们要忍耐，大家却放任女人拳打脚踢，这怎么说得过去？会用脚踢人的女人，都长得不怎么样，虽然像贞雅小姐这样的女性绝对不是的。不过那种女人啊，其实是想吸引男人注意才会这么强势，再不然就是真的很讨厌自己输给男人。虽然我也在职场上摸爬滚打多年，但那种女人啊，长大了也是那副德行，不听话、固执，长得也不怎么样。我这不是要故意以偏概全，而是那种女人真的都是一个样。男人也一样，一定会有听不懂人话的家伙，那种男人就是没教养，以为自己多厉害才能有今日的成就。太傲慢了，男人在社会上可不能那样。话扯远了，总之我是站在贞雅小姐这边的。

我完全没想到，美英小姐会为了反驳贞雅小姐的文章，将员工群聊的内容截图、放到网上。其他同事也一样，我们都相信金美英小姐的说辞，因为我们在群里的对话不是为了指责贞雅小姐，只是站在第三者的立场，对彼此吐露沉重的心情罢了。

因此，我之所以会在员工群里说贞雅小姐"毁了一个好男人的人生"，是有这样的前因后果。贞雅小姐，每一句话都是有脉络的，你必须好好看这脉络。

李组长是犯了错，做了坏事。我不是要袒护他，美英小姐大概也是基于相同的出发点。美英小姐似乎认为李组长被冤枉，才想把不为人知的内情告诉大家，把我们之所以相信他的证据给大家看。当然，这是美英小姐自己的判断，并不代表真是如此。

你在网络上爆料后引起轩然大波，大家都在骂李组长，我们公司也被骂了。美英小姐大概认为需要平衡一下吧。我也不晓得具体原因，据说可能是美英小姐暗恋李组长，也可能是对你有什么误会。总之，贞雅小姐，你似乎因此受到了伤害，这让我耿耿于怀。

可是，贞雅小姐，我之所以会说那番话，你要听我解释前因后果。

听说你和李组长交往时很少出饭钱？不是，不是，你先听我说。打从一年前开始，李组长整个人看起来容光焕发，我猜想应该是谈了恋爱。我一看就知道，男人碰上这种事是藏不住的。但过了没多久，他的气色就变得很差，看起来好像有什么烦恼，我就和他喝了杯酒。

李组长的嘴巴还是很紧的，直到最后都没说对方是贞雅小姐。

"我女朋友都不出钱。"李组长这么说。是啦，我知道，你不是半毛钱都没出，毕竟贞雅小姐你也在赚钱嘛。可是，听说饭钱几乎都是李组长出的，酒钱也是。是啦，是啦，咖啡钱是贞雅小姐你出的，电影票也是你买的。我知道，我都知道。礼物？哦，这我就不晓得了，毕竟两人赠送给对方的东西我不可能都知情。你肯定都有花心思准备吧，但对他来说，重要的不是礼物。

贞雅小姐，你也知道，李组长只是外强中干吧？虽然看起来是有钱人家的儿子，其实他们家背了一堆债。你知道吧，他每个月都要寄钱回家，要还债，扣除生活费后就一无所有了。好像还传出他是某位高层的亲戚？这都是道听途说。他只是自尊心太强，不想在大家面前表现出软弱的一面，他几乎不花半毛钱在自己身上。在别人眼中，肯定觉得他有个体面的职位又坐领高薪吧？当然，这都要怪他喜欢装腔作势，想装出自己混得很好的样子。

实不相瞒，我认为贞雅小姐当初也是受到这些条件吸引。我们打开天窗说亮话吧，李组长的资历要比贞雅小姐你丰富嘛，这不是性别歧视，而是现实。可是，李组长后来的状况你也全知道了，但你仍继续跟他交往，这不是因为你很爱他吗？所谓的爱啊，不就是即便潦倒不堪也能忍受吗？可是，贞雅小姐，听说你很喜欢上高档餐厅？你说不喜欢汽车旅馆，所以要求旅行时要预约饭店？先前他去国外出差回来时，你还闹别扭说他没在免税店买礼物给你。

是啊，我知道，李组长肯定都说没关系，贞雅小姐你也一定有自己的理由。可是，你听我把话说完。我这人是这样，虽然我现在的年纪比你们年轻人大，你们也许会觉得我很保守，不过我不认为男人把钱花在女人身上有多了不起。为自己的女人花钱，哪有什么好可惜的？当然得花啦，她可是我的女人呢。我和我老婆谈恋爱时，花钱也从来不手软，只要我能做的，我都想替她做。这就是爱嘛，我也懂的。不过，这也是我老婆全心全意对待我的缘故。我老婆会为我在冰箱内装满小菜，我有什么需要时，她也总是眼明手快，这叫我怎能不感谢她呢？还有，我老婆也会看情况适时拒绝，实在让我感激万分。贞雅小姐，你以为对方说什么都愿意为你做时是百分之百的真心吗？你应该看情况拒绝啊，没想到贞雅小姐你会是这么没概念的人呢。

我不是要替他说话，只是想表达我知道整件事的前因后果。这些事情一直压得他喘不过气，才会把他逼疯。家里向他要钱，银行也不断催讨，他想向女朋友寻求一点安慰，你却盯着他说：“今天不替我做什么吗？”说真的，让人不崩溃才怪。

我知道是美英小姐做错了，她太过火了，但重点不是这个。美英小姐在文章里提到，贞雅小姐你利用完李组长后，又让他背负暴力犯的罪名，我也觉得这会让人误解。重点在于，要搞清楚前因后果是什么，为何会产生这种误会。

我知道你工作能力很强。虽然看到报道后我才晓得这件事，不过我没有发表任何评论。毕竟这是个竞争的社会嘛，因为你业绩一直在提升，大家理所当然会防备，那么你就应该自己小心才是。凭自己的力量交出漂亮的成绩单都会招来妒忌，你这么明目张胆地接受李组长的帮助，怎么会有人认同你的实力？你还记得上次因为简报而加班的事吧？对，就是那一天，听说你把一堆资料搬到李组长桌上，还大吼要他赶快找出可以用的资料？没有吗？好吧，我知道了。不过啊，重要的是大家都这么想。所以我的意思是，你的行为也有让人误解之处。啊，当然不能混为一谈啦，我不是指你说谎，而是公司内谣传你利用了李组长，重点是这个。

怎么搞到连美英小姐上传的文章都被写成报道，又不是什么艺人的绯闻，现在简直是一塌糊涂。再强调一次，我不想选队站，也不想多谈美英小姐为何做到这一步，她对李组长的心意什么的，毕竟每个人的私生活都需要受到保护。我现在不是说贞雅小姐你做错了，而是大家这样认为。大家有知晓的权利，有人可能认为是你将李组长彻底榨干，他才忍无可忍，动手打你。

总之，那天你确实惹火了李组长，不是吗？所以啊，为什么一开始要上传那种文章？就算要上传，也要客观地把你惹李组长伤心的事写出来啊。如此一来，公司的同事就会理解你的心情。你写得好像公司对这种事漠不关心，同事们也无法信赖，又怎能要求我们和你站在同一阵线？怎么这么不懂事呢？贞雅小姐，你要像个大人嘛。

听说你那天要他买名牌包给你，他拒绝了，你讥笑他是乞丐，李组长才会情绪失控，对吧？

贞雅

我心中有许多答案可以说给你听。

要我说多少次都可以,把所有人带来,我可以把自己经历的事和盘托出,可以针对我的问题,向自以为更了解的你详细说明。我没有去找金美英讨公道。关于这个勉强算最要好的同事在网络上把我形容成肤浅的女人,把同事私下聊天的对话上传,当成评断我的证据;关于我的名字曝光后,父母知道了这件事;关于原本站在我这边的匿名人士在一夕之间转身离去,把我当成垃圾;关于爆料接二连三出现,有人打电话到我的老家,导致亲朋好友知道了我的事,我一句话都没说。

现在仍经常有人给我打电话。我从话筒那端听到咯咯的偷笑声以及没来由的破口大骂。素昧平生的人对我说:"你这坏女人,去死吧!"

为什么大家都要我去死?

我可以告金美英,也可以逐一揪出留下恶意评论的人,起诉他们。只要我打定主意,什么事都能办到。但我什么都没做。

我失去了斗志，就这样一直躲在家里。

*

脑中的想法如装满杯子的水般晃动，让人头晕目眩。我将头往后仰，凝视着天花板，刻在墙面上的斜线宛如雨水般洒落在我的脸上，我无法阻止自己变得越来越潮湿。就在此时，手机铃声再度响起。这次是收到短信，果然又是丹娥。

"别再看了。"

我露出微笑，丹娥好像很担心我。

我回了消息："现在没看。"

虽然稍早前还在看，但反正现在没看就好。这样回答应该还可以。

丹娥很快就回复了："那你在做什么？"

"什么事都没做。"

这次多花了一点时间。看到丹娥没有马上回复，我不由得焦躁起来。手边无事可做，我反复拿起手机看了又放下，忍不住悄悄将头转向电脑屏幕，此时手机再度振动，画面上出现消息。

"既然没事做，就回安镇嘛。"

我没有回复。

丹娥认为是首尔让我生了病。这句话没说错，首尔对我来说是异地，我没有朋友。在这里交往的男友打了我后，竟然只付罚金就全身而退；工作虽是由我提出辞呈，但跟被炒鱿鱼没两样，先前的存款也用光了。

最近我不禁想，真不晓得自己为何要只身一人在这座城市里奋力挣扎。

为什么呢？为什么要千方百计留在这里？

但是，我并不怀念安镇。

虽然丹娥认为我们的故乡在安镇，但对我来说，故乡指的是父母居住的八贤郡小村庄。起初搬到安镇并不是我的本意，而是父母一心认为到大一点的城市读书才能上好大学，我才不得已北上求学。刚开始感觉还不错，我年纪还小，也喜欢安镇这个城市胜过乡下。我像是二十世纪七十年代带着家里所有的钱到城市求学的乡下少女，就这样来到了安镇。

父母希望我可以考上安镇的师范大学或教育大学，这目标看似微不足道，但对于在乡下经营一家小超市、向他人租田耕种的父母来说，却是一项野心勃勃的计划。父母也希望我在安镇落地生根，这看似简单的目标很快就变得困难重重。我的成绩虽然不差，却没有好到可以上师范大学或教育大学，失去自信后，我的成绩每况愈下。如果可以痛快地直接放弃也就罢了，但我的性格又不允许我如此。我经常在半夜莫名醒来，我是个一无是处的人，以后无论做什么事都不会成功，这样的想法每天在脑中挥之不去。但我只在刚开始哭了一会儿，后来就算了，身体疲惫只会让自己更痛苦。

后来，以我的成绩考上的是安镇大学欧亚文化内容系。当时安镇是受到瞩目的近代文化观光地点。这个新科系的成立就是以创造和发展安镇的文创事业为目标。目标听起来好像很崇高，实际上学的就是如何管理文献资料，听说毕业后就能找到工作，所以就填了这个科系。我记得几门上过的课程，像是"近代文化遗迹与观光事业的价值""管理记录之于文创事业的价值""安镇传统文化保存说明会——以插秧时唱的传统民谣录音为中心""安镇盘索里[1]记录发表会""日本强占期地区独立运动人士记录展览"，不过某堂课却读了《简·爱》的原文书。表面上说是为了打造融合全世界的文创计划，但大家都知道是因为英文系出身的讲师只能上这些内容。此外，某堂课的老师还说要发挥什么文化创意，要求学生创作小说和诗作。这个科系完全让人弄不懂在搞什么名堂。

我真的很讨厌安镇，也讨厌历经万难、最终获得幸福的简·爱。

如今我无处可去了。

手机提醒声再度响起，这次不是信息，而是照片。

那是一张雾气氤氲的湖水照。高中时，我和丹娥经常到距离学校很近的湖畔玩耍。虽然老师担心会发生意外，不准学生在湖

---

1 盘索里：朝鲜传统曲艺，"盘"意为场所、舞台，"索里"指"唱"或"歌"。（译者注）

边玩，但我们自然不可能乖乖听话。我们经常碰见跑到湖边聊天的学生。当时我念女校，虽然大家都穿着相同的制服，留着清汤挂面的发型，却一眼就能认出谁是谁。如今回想，留在脑海中的所有高中女同学的脸看起来都一样，就连我和丹娥的脸也不例外。

看着湖水上一如既往的雾气，心头蓦然涌上一股近似怀念的情感。再怎么痛恨，仍阻止不了记忆的堆栈。一部分的我，已经被从安镇汲取的泥泞给灌满，没有凝固，却也没有干涸。

无论我怎么想撇过头，依然无法忽视回忆。

要不要回安镇一趟，顺便和丹娥碰个面？

不，我不想回去。我再次甩了甩头，闭上双眼，至少不想以这副狼狈的模样回去。

我试着回想离开安镇时的心情，当时有多羞耻，又有多吓人啊。我讨厌去回想努力想留在不适合我的地方的那份心情。那么，难道首尔就不是这样？我也不觉得自己受到这座城市的热烈欢迎。真不晓得我究竟该怎么做，才能像其他人一样生活。对所有人来说都很简单的事，像是任职于不错的公司，周末去看场电影或看书，接着遇到理想的对象，两人约会出游，然后结婚生子，大家都是怎么办到的？为什么大家可以如此轻易得到幸福？唯一能够不费吹灰之力来到我身边的，就只有怜悯。

我不会回去的。我睁开眼睛，删除了丹娥传给我的湖水照。只要照片还在，我就会忍不住拿出来看，变得心软。这点事如今还是明白的，只要一心软，我就会做出愚蠢的事来，所以我不能心软。

　　就在这时，又有消息进来了，是我和丹娥一起在湖畔拍的照片。那是我二十五岁左右回安镇时拍的照片，当时丹娥通过了邮局公务员的考试。说起来还真巧，我和丹娥考进同一个科系，这并不稀奇，毕竟那座城市很小，当时欧亚文化内容系又是很热门的新科系，所以走到哪儿都会碰到认识的人。但是丹娥很少出现在学校，她把时间全花在各种打工上，只要存了一点钱就跑去旅行。我还以为她会这样过一辈子，她却突然说想过管理寄送到全世界的信件的生活，开始准备公务员考试。不过两年，她就顺利考上了。照片就是那时拍的。当时我也找到了第一份工作，也许是因为如此，我们两人的表情看起来都很轻松。我们比现在年轻许多，过得很快乐，对未来充满期待与乐观，我们曾有过那种岁月。

　　我也曾经有过，不敢妄想拥有那种岁月的时候。丹娥是我人生中唯一一个与之没有搞砸过关系的人，多亏于此，我才得以拥有和他人建立深交的勇气，得以想着：只要离开安镇，就能再次遇见与丹娥相同的朋友吧。

＊

　　在八贤时，我同样没有任何朋友。大人的世界必然会延续到孩子的世界。我很难和那些将房子租给父母的屋主或管理者的子女亲近，而那些孩子也很清楚，就算自己在学校做出很过分的恶作剧或欺负某个人，也没有人会说他们什么。我们虽然是朋友，地位却不对等。那些孩子随时都能排挤我，而他们也确实如此。那些孩子要亲切对待我，只消发挥一点善良的心地；但我亲切地对待他们，是因为我必须费尽心力避免被排挤，想让他们觉得我是个好人。直到现在，我还记得其中一个孩子，宋宝英。

她是八贤派出所所长的幺女，平常总是想排挤谁就排挤谁，尤其喜欢孤立春子家的外孙女。

春子家指的是替村民干杂活的一位奶奶，她的女儿叫作春子。虽然奶奶有着正正当当的名字"李妍子"，但大家都借用她女儿的名字，用"春子家"来称呼她。春子是村子里恶名昭彰的大麻烦，我听说了很多关于春子的八卦，包括她十五岁时就会喝酒，和一群被村民认为无可救药的不良少年厮混，又和其他村子的女生打群架，结果被警察叫去，甚至偷了家里的钱。现在想想，那些话真的都是事实吗？毕竟那些毫不留情的话语，就像是在描述一个不容于世的人。不过有件事倒是可以确定，春子某天怀了身孕回来，直到生下孩子为止，刚好是四个月。在那段时间，春子几乎足不出户，直到生下女儿后再次离家出走，春子卧病在床的父亲也在那时撒手归西。为了还债并抚养外孙女，春子家能做的活都做了。她到餐厅工作，也去帮忙干农活，大家忙着腌泡菜时去当帮工，还帮忙打扫村子的活动中心。即便是赚不了几分钱的工作，她也从不推辞。村民都觉得春子家很可怜，但也没有因此礼待她。

大家都心知肚明，如果村民不给春子家干活的机会，那家人就无法维持生计。宋宝英也很清楚，如果自己不跟春子的女儿玩，就没人会和她玩。

她先是某一天态度很亲切，隔天又变得很冷淡，接着又表现得很亲切，然后又冷淡了整整一个月，所以春子的女儿经常哭哭啼啼。最残忍的行为，莫过于宋宝英让那孩子交朋友。她先放任那孩子跟某人要好，接着又狠心拆散两人，直接禁止别的孩子和春子的女儿玩。

我对一切佯装不知情，反正随意对待春子家的不止宋宝英一人。当时的我又有什么能耐？要是哪天宋宝英看我不顺眼，我也随时都会被排挤。

每次春子的女儿经过，奶奶就会忍不住咂舌。

"她一定会像她妈妈，害人吃上苦头。"

奶奶是个好人，心地很善良。但有一次，奶奶嫌春子家的动作慢，发火说以后不让她干活了；还有一次，奶奶说春子家都听不懂她说什么，接着说："春子就是因为受不了自己的妈妈，才会离家出走。"

不晓得这件事怎么演变成八卦的，村子里开始谣传，春子冲着自己的母亲大逆不道地说："我没办法再和你这样的聋子住在一起！"然后头也不回地离家出走。甚至还谣传春子把放声大哭的婴儿丢到棉被上，说："这个孩子就跟妈一样听不懂人话！妈，你自己看着办吧！"

宋宝英在春子的女儿面前说："听说你外婆是聋子？"

当时我就站在宋宝英后头。学校里又不是只有宋宝英，跟其他孩子玩应该也不错，我却没办法这样做。虽然有时我和其他朋友玩耍时，宋宝英会跑来妨碍，但老实说，我很喜欢和宋宝英一起玩。

老师疼爱的孩子，令其他孩子欣羡的孩子，父母喜爱的孩子，只要和他们在一起，我就会觉得自己好像也变得跟他们一样，我才不想变成春子的女儿。也许宋宝英看穿了我的内心，才能那样任意摆布我。这么一讲，人类好像自小就很了解，只要掌握某人的弱点就能拥有有力的武器。

＊

"你很想回安镇吧？"丹娥又发来消息。

我一直极力克制自己哭出来，最后却发现自己已经热泪盈眶。

我回复："我考虑一下。"

"又要考虑什么？别再考虑了。"

我忍不住笑出来，已经好久没有这种好心情了，感觉身体深处逐渐明亮起来。假如没有遇到丹娥，我恐怕一辈子都不会知道，原来我也能为他人付出这么多。就在那一刻，身体有种被拉向地面的感觉。我是如此相信李镇燮，也相信了金美英，我曾经很喜欢他们。

为什么？金美英究竟为什么要这样对我？

起初我将文章发表在网络上时，也有人批评我。有人说我之所以这样做是为了吸引他的注意，也有人说我夸大其词。我并没有因此受到伤害，不对，我是有点受伤，但还能忍受，因为他们不认识我。我可以理直气壮地告诉自己，我没事，我不是那种女人，他们说的话不是真的，但我无法忽视金美英的文章。

所以，我才会成天在网络上搜寻自己的名字，把那些对我没用的话全找出来。我不是为了看那些不认识我的人所写的文章，是为了看认识我的人写的文章。

还有，那才是我自己走出公司的真正原因。整整三个月，我每天都在逛 Twitter、脸书等各种社群网站和门户网站，不停寻找我的名字。我读了一篇又一篇关于我的报道和文章，很想知道自己究竟是什么模样，人们又是如何看待我。我真的是一个很糟糕的人吗？所以深爱的人才会对我施暴、威胁要杀掉我，所以勉强算要好的同事才会在背后捅我一刀吗？我是个什么样的人，怎会落得如此下场？

每次他打完我，一定会来找我求欢。他总是双膝下跪，哭着向我道歉，所以我心软了。

"我不是这种人，我从来都不会这样。"

要是他感到痛苦，我会比他更痛苦。即便我喊疼，他依然咄咄逼人的模样让我很害怕。我无法把这种行为称为"强暴"，因为我缺乏那种自信，才会无法对他说"不"。毕竟我没有抵抗，也没有表达"我不要"，但我一直无法摆脱遭人践踏的感觉，无法走出觉得自己很悲惨的心情，所以我选择了原谅，那样内心就会好过一些。原因在于我可以放下怨恨某人的沉重包袱吗？不，是因为感觉自己好歹可以控制那个凌乱不堪又备受屈辱的状况。只要想到走入这令人可憎的状况是基于我的选择，那么有一天我也可以自行选择摆脱它。

只有那么一次，我是真的按照自己的想法行动。那是在我第三次被毒打、经过了"绝对"不是强暴的性行为后。我打了一通电话到性暴力咨商中心，辅导员问我："是您不认识的人吗？""您曾经拒绝吗？""曾经中途要求对方停止吗？""曾经表达自己的排斥吗？"

没有。

"没有！"

挂了电话后，我再度恢复原谅对方的旧态，却阻止不了各种疑问不断膨胀。为什么？为什么在深爱的人触碰我时，却感受不到爱呢？我是不是有什么问题？我好想知道，我必须知道。现在也是如此。

素昧平生的人骂我，素昧平生的人与我站在同一阵线。在这庞大的声浪之间，我不断寻找其中缘由。

为什么会变成这样？我是谁？为什么大家全都知道，就只有我被蒙在鼓里？

为什么我被打了，还说便宜了我？

因此，我不会回安镇。我将手机抛到远处，坐在电脑前，手指率先动了起来，读到一半的留言再度映入眼帘。

他们说我愚蠢。

这些文字无法成为答案。太无趣了。

然后我试着到Twitter去看。我打上自己的名字，按下搜寻键，一下子跑出各种文章。Twitter上转帖报道的比实时上传的意见多，确实也不像之前那么吵闹了。有更多其他女人的故事，跟我一样被男友打的女人，跟我一样分不了手的女人。如今，大家会记得我也是其中一个女人。感觉还真奇怪，各种伤人的话满天飞时，我一点也不放在心上，但等到大家失去兴趣时，对我的指指点点却不断啮咬我的内心。心，被撕下了薄薄一层皮。

果然，我什么也不是。是啊，这是很常见的剧情，很愚蠢的故事。

那一刻，我的视线停住了。

我看到一则奇怪的帖子，慢慢读了起来，手也开始缓缓颤抖。

"金贞雅是个说谎精，宛如吸尘器的女人。"

胸口再度被装填得满满的，仿佛即将发出"砰"的一声炸裂。

吸尘器

练习

吸尘器？哦哦，你说河宥利啊？

她真的很容易追到。只要向她告白，一律来者不拒，根本就是个便宜货。她不会管你是什么样的人，马上就会扑上去说"我爱你"，像一台吸尘器般照单全收。

一开始接近她时，你一定要表现出从来没有谈过这种恋爱的样子，也就是表现出你非常喜欢她，被迷得神魂颠倒，就好像选择权在她身上。

这绝对一点都不难。

只消几天，她就会彻底敞开心房，一双眼睛闪闪发亮，认为这次总算碰到了真爱。把这种自尊感低的女人拿来当练习对象最好不过了。

接下来，就要扭转情势。关键就是从这时候开始，你要表现出冰冷的态度，但要掌握得恰到好处。反正你又不打算跟她认真交往嘛，可是如果残忍地抛弃她就有点头疼了，谁知道她会在外头说你什么？虽然其他女人不可能收留她，但至少也会交换情报吧？你总不能毁掉自己的人生嘛。所以啊，你就这样做，隐隐约约地透露你好像另有打算，让她无法得知你在想什么。

不会很难的，因为打从一开始看到她，你就不会动情。还有，你要一直摆出不耐烦的样子，就好像她做错了什么。因为你做错了事，我才不爽，才觉得受伤，都是你不付出努力。你要一直强调，同时不动声色地问她："你准备好要跟我交往了吗？"如此一来，她就会变得心急如焚，担心这次命中注定的爱情又会因为自己犯错而错失。

你绝对不要给她选择权，主导权握在你手上。虽然只要有什么不满随时都能离开她，但你要用彼此曾经真心相爱，所以会遵守道义的方式说话。当然，她可能会埋怨你，可能会向你兴师问罪，问你怎么会变心，那你就对她说："谁叫你一开始不打听清楚，还不都是因为你喜欢我！"重点就在于一直说她错了，绝对不要认同她的任何意见。如此一来，她就会更努力想争取你的认可，也会一直看你的眼色。每当这时，你就稍微给她一点希望——"根据你的表现，爱也可能回头。"那么，整件事就算结束了。

在分手前，你都能随心所欲地摆布她，她会满足你所有的需要。

印象

河宥利？我不认识她。你以为只要一起上学就都认识吗？什么？那样叫作漂亮？她看起来超容易追的。是啦，说起来也算漂亮吧，不过那有什么用？她那样生活，根本浪费了那张脸蛋。

不是听说她是孤儿吗？所以说啊，家庭教育就是这么重要。

事件

对了，宥利以前不是闹过自杀吗？好像加入了什么自杀网站，跑到某间汽车旅馆去，最后警察都出动了，引起一阵骚动。没错，报纸上还有刊登！她这场秀作得真的很彻底，我看她是太想被人关注，想到发疯喽。

记忆

宥利……哦，宥利。

不知道哟，在我印象中，宥利无论到哪儿都会战战兢兢地看人脸色，好像担心自己的存在会惹旁人不快，连杯水都倒不好。

你这样一问，我想起来了。没错，我记得有一次饭局上发生的事。

那是在新生欢迎会之后，有次同学们聚在一起喝酒，虽然不晓得怎么会提起那个话题，不过我们……哈哈，对了，我想起来了，被"欧亚文化内容系"这个奇怪名称绑在一起的我们，仅仅因为年满二十岁这个理由，开始聊起《简·爱》。那天你没来，大概不知道吧。

就算是念国文系的，也不可能全都读过诗人奇亨度[1]的诗作，我们当然也没读过《简·爱》。再说了，我们又不是英文系的。可是，听说某门必修课规定要读那本小说的原文书。

这本小说是出自偏远岛国荒凉约克郡的某个孤单女人的笔下，这点我是知道的。主角是女人，她在历经了种种苦难后遇见了深爱的男人。我还知道它是个非常优美动人的故事。所以当时我们每个人都针对小说讲了一句话，接着话题转移到电影上。

不知道是谁问起，总之有人问了句："是谁主演的？"

有个人提到了一部1996年佛朗哥·泽菲雷里导演的电影，饰演儿时简·爱的安娜·帕奎因以挑衅的眼神站在海伦旁边，猛然低下头说"把我的头发也一并剪了吧"的那部电影。嗯，我真喜欢那部电影。

尽管有人说，守护在柔弱的海伦身旁，露出毅然表情的简·爱，在长大成人后，转变为女演员瘦削的脸，看起来很不搭。我倒是很喜欢，我认为在海伦离开人世后，孤独度过漫长岁月的简·爱，的确很可能产生那种变化。我很喜欢她在说话前，

1　奇亨度：韩国当代诗人。

带着一脸苦恼凝视罗切斯特的模样、还有蜷缩着肩膀、用一双缺乏自信的眼神巡视四周的模样。

虽然我记得不少关于电影的细节，但并没有当场说出来，因为我很讨厌众人视线聚焦在我身上。你也知道，大声嚷嚷自己很喜欢这部电影又如何，大家八成会说"她老是自以为是"，不然就是"她好像有点走火入魔了"，而且我也觉得，这点事大家应该都知道。

这时，旁边有个人突然大喊："是夏洛特·甘斯布！"

我真的吓了一大跳，因为声音大到连耳膜都嗡嗡作响。那个人就是宥利，她大声嚷嚷，一下说自己真的很喜欢那部电影，一下又说自己超开心。

那时我的内心有股异样的感觉。

宥利还算有点姿色嘛，你还记得吗？她的肤色白皙，一双洋娃娃般的大眼睛，还留了一头及腰长发。打从走进餐厅那一刻，就能感觉到男生的目光全都投向宥利。可是等到宥利开口，男同学的眼神就起了微妙变化。这也难怪，大嗓门的宥利看起来一点都不漂亮。她会兴奋得脸颊通红，鼻翼一张一合，说话时双手摇来摆去，我还以为她有注意力缺陷障碍症。其中最令人感到不舒服的是那种样子——我知道那部电影！我知道！所以赶快向我搭话！听我说！

如今好像能够解释她当时的状态了。

宥利太寂寞了，所以只要有人跟她说话，她就会立刻坠入爱河。

这当然让人很有压力。

当时，回答宥利的人好像是贞雅吧？

没错，是贞雅。

贞雅对宥利说："我也很喜欢那部电影，看了很多次。"在我看来，贞雅之所以回答是因为宥利太吵了，才想稍微应付她一下，让她闭嘴，宥利却突然紧抓着贞雅不放。你知道她说了什么吗？我快笑死了，到现在还记得。

"果然！我就知道来这里会遇上志同道合的朋友！"

你真该看看金贞雅当时的表情。还问为什么！听到这句话不觉得很丢脸吗？我还以为是在背哪部电影的台词呢。观察着周围的反应在那里装模作样，不觉得很可笑吗？而且啊，宥利没有适可而止，反而倒靠到贞雅旁边，说自己有那部电影的DVD，约她隔天到家里一起看呢。

我会记得这件事，是因为贞雅也很令人印象深刻。当时很明显可以看出贞雅对宥利很不耐烦。是啦，这个记忆大概掺杂了我对贞雅的个人看法，所以不太客观。你听了可能不太舒服，不过我以前就不喜欢贞雅，觉得她很傲慢。又不是只有她是考试失常才来到这所大学的，却每天装作一副郁郁寡欢的样子，好像瞧不起其他同学似的。她摆明了就是在告诉大家，我并不属于这里。为什么要让周围的人都知道你的心情？你算老几？老实说，我认为贞雅就是在宥利身上看到自己的影子，才会做出那种反应。好不容易下定决心来参加新生欢迎会，旁边却坐了个宥利那样的人，她一定很反感，也害怕自己的真面目会被揭穿吧。你听了别不高兴，那只是我当时的想法罢了。总之，我现在还记得当初贞雅的回答。

她用一种"再也别跟我讲话"的表情冷冷瞪着宥利，说："我明天和朋友有约了。"

什么"朋友"？我觉得她超冷血。我以为她是在说谎，后来才知道贞雅说的是你。我怎么可能都猜到别人在想什么？我连自己都搞不懂了。总之，宥利好像因此变得很喜欢贞雅，每次上课都坐在贞雅旁边，好几次吃饭时，我还看到她跟在贞雅后头。虽然我觉得贞雅表现得很不耐烦，还蛮过分的，但我又能怎么办？要是出手帮忙，宥利就会跑来纠缠我，我可没自信能应付得了她。

宥利不仅让人很有压力，关于她的绯闻也满天飞，曾经还有人打赌可以多快和宥利上床呢。对啊，我知道，我当然知道他们不是打赌要花多久，而是有多快可以进到她的身上。真的好恶心。

可是啊，我本来以为那种谣言只在那些差劲的男生之间流传，毕竟恶劣的言论都是出自恶劣的人——察觉到对方弱点、一心只想利用对方的人，认为男女之间只有性，无视心灵的共鸣或抚慰等私密情感的变态。但我后来才知道，那些憨厚老实的普通男生，也认为宥利很容易被骗上床。

你记得贤圭学长吧？我听同届的男同学说，那个优秀的学长也认为宥利很好欺负。

也是啦，贤圭学长毕竟也是个男人，他不过是比一般人有礼貌一些，不像我说的那些变态会随便闯祸罢了。其实大家看待宥利的眼光都一样。

大家都认为自己只是没出手去动她而已。只要想，随时都可以跟这女人上床。这个太过孤单又脆弱的女人，随时都做好要脱掉衣服的准备。

可以付出感情去爱的女人，和可以随便跟她上床的女人，区分这两者的标准是什么？

很脆弱？很孤单？

为何一个人的弱点无法受到保护，反倒成为被攻击、利用的缺口？

嘲笑宥利是"贱货"的男生们说，只要是男人，宥利都会爱他爱到痴狂。不过并不是这样。

在我看来，宥利会为所有人痴狂。

事实

宥利二十一岁时因车祸身亡。那是一个冬天。

贞雅

"一看就知道那人是瞎掰的，一定是看到你的事被到处传，才会口无遮拦，想到什么就说什么。"丹娥如此劝我。

但我无法冷静下来，冲着话筒那一头大吼："那你觉得'吸尘器'这个词毫无意义吗？"

"我问过其他朋友了，这种行为就跟当时那些变态做的事差不多。再说了，当时被这样叫的女生一定超多，不止河宥利。"

"也对，谁知道呢？说不定也有人那样喊我。"吐出这句话后，我更愤愤不平了。我是"吸尘器"？说我和那个人一样？

不行，我必须平复情绪。丹娥说得没错，这是个幼稚轻浮的绰号，我之所以会耿耿于怀，是因为记得被大家叫"吸尘器"的宥利。我清楚记得她受到何种待遇，大家对她说了些什么。说我谎话连篇，乃至于消遣死者的原因是什么，我全身顿时变得滚烫无比。写这段话的人显然是认识我的人，绝对错不了，肯定是认识十二年前、二十一岁的金贞雅，还认识宥利的人。

这个人想将我拖入当时的记忆，借此羞辱我。因为宥利是当年欧亚文化内容系的"吸尘器",而我正是欧亚文化内容系的"说谎精"。

"贞雅,你不是说谎精。"丹娥的语气很沉静。

我的喉头一阵哽咽。丹娥并不知情,当时她不在场,第一个学期都在打工和旅行,很少在学校露面,暑假时更完全离开安镇去环游世界,足足去了一年。

因为男人的关系。

丹娥曾在十七岁时怀孕,当时丹娥的男朋友以充满怜爱的口吻说:"这是我们爱的结晶,生下来一起抚养吧。"

但其实他身无分文。他本人应该也很不安,每次见到丹娥就会向她确认是不是真的怀孕,后来还追问是不是他的亲生骨肉,最后则干脆说他无法相信丹娥。他说,既然两人不再相爱,还有必要生下孩子吗?

这个王八蛋,想装帅又不想负责任,还不如一开始就说不想要孩子。孩子是男人和女人共同的结晶,大肚子的却只有女人。

那家伙可以说他怀疑丹娥,说自己是不小心,找尽各种借口来逃避问题;丹娥却逃不了,也不能和父母商量。这就怪了,明明父母是生下我们的人,碰上最要紧的问题时却绝对不能告诉父母。

丹娥的父母是反对堕胎的虔诚天主教徒,也是性格严谨的公务员。丹娥认为,与其告诉父母,还不如自我了断。我们是女孩子,我们学到不能做的事比能做的事多,听到别人说"不行"

多过"可以"。丹娥自始至终都瞒着父母。

因此，在我暗自神伤，无法对任何人提起李镇燮的事时，丹娥很能理解我的心情。她对我说："你当然会有这种感觉，这是难免的。"

这种事居然可以被理解。可以被理解的事，竟然一直在你我身边发生。

在那王八蛋人间蒸发后，我从存折中取出初中开始存的钱去找丹娥。认识的人介绍了一家医院给我们，从走进医院到出来为止，我们一直手牵着手。我以为丹娥的问题就此了结，虽然她受到伤害，但终究会走出伤痛。直到得知从那天开始到去环游世界之前，丹娥每天都会写信给"死去的孩子"，我才明白并非如此。

"很多人可以不当成一回事，我却办不到。为什么我就这么拖泥带水，老是被过去牵绊住？"

丹娥在旅行前夕写的那封信中吐露真相，在信中一股脑儿地宣泄自己的愧疚、罪恶感与自责。所以，她才会选择去旅行，因为她再也受不了了。我八成也是原因之一吧，因为我知道发生过的一切，与她一同存于那份记忆里。回来后的丹娥彻底变了个人。我知道丹娥是真的爱过了一场，一场对方真心对待她、疼惜她，能为彼此付出一切的爱情，也经历了爱情犹如历史悠久的褪色相片般逐渐熄灭的过程。

我的生活则是一团乱，成绩不理想，没拿到奖学金，父母再度感到失望。与此同时，我和贤圭学长的女朋友彻底闹翻，以至于外头流传着我的负面传闻。杨秀珍，她真的把我给害惨了。

当时我状况连连，急着想找一个寄托心灵的对象，后来偶然和同届一个叫作金东熙的人交往，但那是一场太过轻率的恋爱，不过四个月就糊里糊涂地结束。尽管如此，我依然在各个饭局左顾右盼，只为了见到刘贤圭学长。为了解决问题，我想到的办法就是转学。我告诉自己，我受够了安镇，我要离开，问题不在于我，而是这个地方。

丹娥回来时，我的状态就是这么糟。丹娥是我唯一的朋友，也可以和她商量许多事情，虽然很开心她回来了，但我没有全盘托出。

我用力拉高音量："那是因为你不知道我的状况，当时你又不在安镇。还有，为什么要提起'吸尘器'？怎么可以现在还这样对待宥利？怎能对一个人这么过分！"

说完后，我真的气炸了。是啊，怎能对一个人这么过分？为什么要对我这么残忍？

有谁会对我如此咄咄逼人？

讨厌我、嘲笑我，对我恨之入骨的人；

将快乐建立在我的不幸之上的人；

绝对不会原谅我的人……

脑海浮现了一张熟悉的脸孔。

这时，丹娥说："当时你不是跟一个男生交往吗？"

"金东熙？"

"嗯，不是他做的吗？"

"不是啦。"我随即否认。

不是东熙，我很肯定。他瘦得像根竹竿，只要和他牵手，就会有种被锥子刺到的感觉。约会的大部分时间，东熙都用来骂学校结构的问题或预备役的学长。东熙也很讨厌刘贤圭学长，说他感觉很可疑，但在我看来，他只是嫉妒刘贤圭学长罢了。东熙希望能成为系里的领导人物，被大家认可为重要的人。我完全感觉不到他喜欢我，反之亦然。

有一次，丹娥问我怎么会和金东熙交往，我回答不上来，只说"糊里糊涂地就谈起恋爱了"。这回答听起来很奇怪，却是事实。对金东熙而言，我八成也是个无足轻重的人。还有，如果东熙有话要说，他会选择暴露身份，接受大家的注目，不会用这种方式说些幼稚无比的玩笑话。

最重要的是，我的脑海已经浮现了某个会做这种事的人。

"不是。"我再次斩钉截铁地否定。

"我和东熙之间没有发生过会让他讲出这种话的特殊状况。"

"是吗？"丹娥语带疑惑，"不过，你和东熙一开始不是发生过什么事吗？"

瞬间，我有种在拼图的感觉，忍不住起了鸡皮疙瘩。丹娥说得没错，我确实和东熙发生过一件事，而那件事的起因正是那个人——她。

棱角分明的下巴和神经分分的嘴型，还有对我虎视眈眈的锐利眼神，对我恨之入骨的人……正是她，才没人愿意相信我。

是啊，导致大家认定我是说谎精的主谋——是杨秀珍。

我问丹娥："你记得杨秀珍吗？"

"杨秀珍……哦，刘贤圭？嗯，记得啊。"丹娥停顿了一下，缓缓反问，"你现在认为是杨秀珍写了这句话？"

丹娥似乎难以置信。她终究还是不晓得在离开安镇大学前，杨秀珍对我有多恶劣，毕竟我没有全部告诉她。

当时我早已打定主意要离开安镇，丹娥回来后，我只顾着描绘未来的计划和梦想，根本无暇去回首此前的错误，因此丹娥才会认为，我和杨秀珍之间至今仍有些未化解的疙瘩。因为大家发现我暗恋刘贤圭学长，导致杨秀珍和她的朋友丢了一丁点面子。

丹娥小心翼翼地问："她该不会到现在还对那件事耿耿于怀吧？"

我没有回答。我才是那个真正好奇的人。真的会是杨秀珍吗？她到现在还恨我吗？当然，我认为即便她现在还恨我也情有可原，因为我也同样憎恨她。还有"吸尘器"，我曾见到杨秀珍看宥利的表情，眼神充满了轻蔑。是啊，她肯定无法理解，肯定会觉得厌恶吧。

尽管如此，她非得拿死者来谴责我吗？

我心想，我必须知道是谁写了这则帖子，也想知道为何要对我说这种话。万一真的是杨秀珍，即便那件事已经过了十二年，我也同样有话要说；假如不是杨秀珍所为，至少我心中沸腾不已的愤恨也能平息。反正赌一把没有损失，于是我请丹娥去打听杨秀珍的联络方式。

我回想起安镇的下雨天，湖畔雾气弥漫，在草腥味浓厚的雾气中什么事都不能做，这是无所事事的时光。

记忆如腐烂的肉块般剥落，像被碾碎的西红柿散发出酸溜溜的气味。

当时我应该做什么，该怎么做才对？

很久以前，奶奶每次见到春子的女儿时都会说："她一定会像她妈妈，害人吃上苦头。"

如今奶奶没办法说那种话了，但奶奶没有说错。

杨秀珍是春子的女儿。

*

翌日，丹娥将杨秀珍的联络方式传给我，要我联络前再多考虑一下。她说，不想我犯不必要的错。

但是丹娥，先前的错已经够多了。

欧亚文化内容系是新设科系，所以没有学长，但学校很鼓励学生双主修或转系，所以也有人从别的科系转入，贤圭学长就是其一。他退伍复学后，就从英文系转到欧亚文化内容系。后来我才知道，贤圭学长入学前就知道安镇大学会成立欧亚文化内容系。根据传闻，贤圭学长以高出安镇大学录取分数线一大截的成绩入学，毕竟他是安镇报社家族的幺儿，这样做也合情合理。当时地方上各种文化事业发展蓬勃，听说学长的家族打算在安镇稳固根基。

我几乎没看过贤圭学长念书，他不是在学校事业团[1]打工，或是在校长室工作并领取勤劳奖学金，就是和教授或学校高层用餐。毕业后，他进入安镇大学法学院，成为一名律师。这个安排犹如经过数学公式计算般完美，但所有认识学长的人都不觉得这很老套。他为人亲切、有正义感，是个无懈可击的男人。在成为律师的道路上说着正义的话，这样的形象真的很适合学长。既然贤圭学长是个宛如男主角的男人，那么杨秀珍也理当要像个女主角。

杨秀珍总坐在教室最后面，和其他女同学开起外貌评审大会。"她的头太大了，腿好短，肩膀都弯成什么样了。""她乍一看还蛮漂亮的，但看久了就不怎么样。""大家穿衣服前不能先照照镜子吗？"当然，我也是被评论的人之一，宥利也是，担任兼职讲师的李康贤也是被嘲笑的对象。

---

1 韩国私立大学多由财团创办，国立大学也会与财团建立合作关系。学生可在求学期间，获得到财团所属的企业工作实习的机会。（译者注）

给学生用《简·爱》原文书上课的就是这女人。她的名字很像男生的，所以我到现在还记得。她的肠胃好像不太好，嘴巴会散发出不太好闻的味道。杨秀珍总把这件事拿来当笑柄，但几乎没有人制止她，她从来都只挑那些即便话讲得再难听也不会挑起事端的人，就像宥利。

李康贤是个上了岁数的女讲师，上课超级无聊，又非得用原文书上课，接二连三要求我们读《简·爱》《我们是马尔瓦尼一家》和《寂寞猎人》等英美小说。大家都在传：其实她根本不够格当讲师，只是因为一直巴结指导教授，才能持续负责必修科目的授课。我们不仅完全摸不透她在想什么，偶尔还看到她用带着冷笑的目光在讲台上俯视我们。

杨秀珍那时必定认为自己绝对不会变得和李康贤一样，才会口无遮拦地说出那些话。但这个又老又没实力、只懂趋炎附势的女人，如今已是欧亚文化内容系副教授。

但在当年，她只是个愚蠢到不行的女人，谁都不希望变得跟她一样。

杨秀珍说不想闻到她的口臭，总是坐在后面不断说些难听的话。有一次甚至在上课中直接走掉。那天上课的内容是《我们是马尔瓦尼一家》，因为李康贤的英语发音很糟，大家都拼命忍着不笑出来，但杨秀珍好像再也听不下去似的直接走出教室。李康贤以一副自尊心受伤的表情盯着杨秀珍的空位，杨秀珍却丝毫不以为意。

但是，贤圭学长说，他从来没有见过像杨秀珍那么善良的女人。从这点看来，她应该从来不曾在男友面前露出真面目。根据八卦消息，杨秀珍为了勾引学长可说是无所不用其极。她总是穿短裙现身，在喝完酒后突然扑进学长怀里，或找借口要学长送她到宿舍。用一句话总结就是：杨秀珍不择手段，成功拐骗了纯真的学长。认为完美无瑕的贤圭学长没有看女人的眼光的人好像不只是我，三天两头就有女同学向学长告白，她们似乎觉得杨秀珍很好对付。但贤圭学长不为所动，死心塌地地等杨秀珍毕业后，两人就结婚了。现在，杨秀珍在大学路附近经营一家大型咖啡厅，就开在整条街最好的地段上。

我记得最后一次见到学长的那天，那是大二学期末，十二月八日。其实大家并不知道我去了那次聚会。聚会场所在大学路附近的烤肉店，但我没有走进餐厅，只是到了附近。

我单纯是为了看贤圭学长、跟他道别才去的。我还记得烤肉店就位于阴暗巷弄的正中央，店面散发的灯光照亮了整条街，唯独我伫立之处格外黑。

拐过弯曲的路口，随即传来一阵闹哄哄的声音。我看见了店里的人群，贤圭学长站了起来。那学期是由学长担任系会长，他好像在向大家说什么，并一一作别。杨秀珍就坐在他旁边，再旁边并排坐着和杨秀珍要好的几个女生，对面也坐了一排学长、学弟，全都是和贤圭学长亲近的人。要是走进这家店，我就必须坐在与贤圭学长遥遥相望的位置。这很稀松平常，我在那种场合总是很勉强才能蹭到一个座位，偷偷看远处的贤圭学长。

我站在餐厅附近的电线杆旁望着他们，内心很想拥有那些我无法拥有、不属于我的东西。正因为它们遥不可及，所以我只能隐藏在暗影下顾影自怜。我为什么来这里？是为了告诉他我要离开的消息，说我要去比现在的学校更好的大学？说我要去首尔，要他最好趁现在认清我的价值？但我内心明白得很，学长对我一点儿也不感兴趣，我对他来说只是个可有可无的人物，他压根儿不会好奇关于我的一切。这真的很蠢，在那里的任何一个人都不会对我心生羡慕或感到惋惜，他们在那个小圈子里度过幸福愉快的时刻，而我不过是就读那所学校、后来某一天不见踪影的学生罢了。我静静凝视着贤圭学长和围绕在他身边的人们，最后默默地回家。

这就是最后了。

偶尔我会想，如果没有发生那件事，我还会继续读那所学校吗？会过着与现在截然不同的人生吗？

漂亮的秀珍，心地善良的秀珍，努力上进的秀珍。

你问我发生了什么事，我犯了什么错。

＊

起初得知和杨秀珍考上同一所学校时，我有点意外。在八贤，她的成绩还不及我的一半，但在安镇，没有人会朝杨秀珍喊"春子的女儿"，也没人说她会过得像她的母亲。我不敢相信，成为大学生后再度相遇的杨秀珍居然比我更优秀，我竟和她进了同一所大学，而且各方面都输给她。自从第一学期的成绩落在后面后，我就很少打电话给父母，也没有回八贤。只要一回八贤，听到的全是杨秀珍的事。

"天啊，她考上了国立大学，拿到了奖学金，还抽空去打工，寄零用钱给外婆呢。"

如今没人喊她春子的女儿了。

"漂亮的秀珍，心地善良的秀珍，努力上进的秀珍，秀珍可真是个孝女呢。"大家都这么说。

我通常会独自坐在图书馆听音乐，或趁没人的时候去看早场或午夜场电影。即便去参加系里的活动，我也只是坐在角落，假装不经意地整理袖子。

但我一直在注视杨秀珍，看着她的笑容、从容和她的朋友们。只要看着她，我就会知道自己想要什么——遇到我爱的人，受到他人温暖的认同，在简单朴实的日常生活中感受幸福。

到了大一那年的秋天，我和几个同学聚在一起时，听说了杨秀珍和贤圭学长开始交往的消息，情绪变得有点失控。

春子的女儿，我的天啊，春子的女儿凭什么？

没错，我，做了那件事。

天啊，听说秀珍的男友是有钱人家的儿子呢。哎哟，全村民早就看出来了，秀珍有一天会出人头地。

我对同学们说："刘贤圭学长？哎呀，不是啦，杨秀珍是和金东熙交往，我还看到两人在高速巴士总站附近的咖啡厅见面呢。"

我没有说谎。我在去年暑假时看到了杨秀珍和金东熙，就在学期开始前、从八贤回到学校的日子。当时我还不曾和金东熙深聊过，不过至少知道他是谁。东熙的身高有一百八十九厘米，要比贤圭学长高两厘米，虽然不曾深聊、了解他是什么样的人，但他的身高引人注目，所以我记得他。如果有人想在我们系找高个子的男生，那么不是金东熙就是刘贤圭。

当时的气温高到发布高温警报。我才刚从巴士下来，阳光毫不留情地照射在头顶上。我的视线开始涣散，呼吸也变得急促起来，走路时不断有汗珠从额头上滑落，沾湿了眼角。我一心只想赶紧回到宿舍吹冷气，站在斑马线上稍微喘口气时，觉得自己要被吐出的热气烫伤了。

沿着对面的桥往下走三米左右就是公交车站牌，可以从那儿搭公交车到学校。也就是说，不是过了斑马线就能立即搭到公交车，而且公交车每班间隔时间很长，要是运气差一点，搞不好要等近半个小时。一想到这事，我不由得感到烦躁。装满书本的背包重得要命，空气闻起来又有股干涩的尘土味。我侧着头，不耐烦地等待绿灯亮起，接着不经意地转头，看到右手边有张熟悉的面孔——是金东熙。我是依据体格认出他的。他站在咖啡厅前看着手机，好像在等人。为什么要站在外面，不进咖啡厅等呢？

正在思索这件事时，绿灯亮了。我赶紧过了马路，然后在对面再次转头，这次没看到金东熙的人影，倒是看到杨秀珍站在咖啡厅前。

怎么回事啊？脑海瞬间闪过这个想法。

该不会两人约好要见面？

我在那条路上看着杨秀珍有几秒钟的时间，她在大热天穿着黑衣，将头发绑成一束，但看起来一点都不热，反倒觉得寒气逼人。那条路很短，只要走几步就能穿越马路，所以能将杨秀珍的表情看得一清二楚。她眉头深锁，好像在烦恼什么。其实那只是我的推测，碰到这种热死人不偿命的天气，任谁都会摆出那副表情，我却暗自希望是杨秀珍碰上了什么坏事。就在那一刻，我看到金东熙在咖啡厅偌大的玻璃窗内喝着饮料，还有杨秀珍走入咖啡厅内的身影。接着，我就转过头，过了桥，等公交车到来。

他们在交往吗？大概是吧。偷偷交往？也没什么不可以嘛。

我用手背拭去后颈的汗水，暗自希望能够下场雨。

我没有向任何人提起这件事。我猜两人是担心会传出八卦，才小心翼翼地选择离学校很远的地方碰面。虽然他们没有拜托我做这件事，但我自行闭上了嘴巴。替杨秀珍保守秘密的感觉很好，让我觉得自己是个比她更棒的人。

直到我听说那个对象不是东熙，而是贤圭学长后，就不一样了。

杨秀珍绝对不可能，她绝对不敢跟那种对象交往。我真心这样认为。杨秀珍不可能会拥有我得不到的一切，那绝对不归她所有，所以这并不是在说谎。

我脱口而出，说我看到那人不是刘贤圭，而是金东熙。

八卦一下子传开了，就像多年前，奶奶说春子家是聋子，听不懂别人说什么的流言传了出去一样。

当时传的是什么？大家是怎么传的？

"杨秀珍是和金东熙交往，不是和刘贤圭。"

"杨秀珍脚踏两条船，周旋在刘贤圭和金东熙之间。"

"杨秀珍是在利用贤圭学长。"

八卦再度回到我身上，大家开始跑来问我，想确认真伪，问我怎么知道真相。我很惊慌失措，不知如何是好。最后，杨秀珍跑来找我。

每当奶奶随便说春子家什么，春子家总是不动声色，但杨秀珍不是这样。她怒气冲冲地跑来找我理论，那是我们四年来第一次对话。

"你在哪里看到我？"

"什么时候？""在哪里？""当时我在做什么？""真的看到我了？""看到我和金东熙在一起？""我做了什么？""和金东熙站在一起吗？还是坐在哪里？""我们抱着彼此吗？""我

们是一起吃饭还是牵着手？""我们喊你的名字了吗？还是当面和你打了招呼？我们看起来怎么样？""不是说看到了吗？你看到了什么？你看到的是什么？说说看啊！""制造八卦不就是你们家的特长吗？你说说看，在什么时候、在哪里看到我，还有我当时在做什么啊？！"

我没办法准确回答那些问题。那件事都过去一个季节了。起初，我回答："我确实看到了你。"但随着问题接二连三出笼，我就连开始的一丁点自信心也消失得无影无踪。我回答："我好像看到了你。"后来又改口："对不起，我以为看到了你。"因为我们既没有在碰面时互相打招呼，也没有在路上正面巧遇，我只是从远处看着，心想"哦，是金东熙，还有杨秀珍"罢了。

尽管如此，我仍以最后剩下的蹩脚自信硬撑着，这时，贤圭学长从杨秀珍的后方走来。那一刻我彻底清醒过来，醒悟自己干了什么好事。我这才明白，我不只伤害了杨秀珍，也同样带给贤圭学长莫大的伤害。

我连忙转身，头也不回地走掉了。杨秀珍在后头喊我的名字，我以仓促的步伐走了出去，一心只想离开那个地方。就在此时，背后有一股强劲的力道拉住背包。一转过身，就看到杨秀珍冷若冰霜的脸孔。

"你在干什么？现在是在开玩笑吗？"

我辩称是因为想起了急事。贤圭学长几乎已经走到杨秀珍背后了，我急得像热锅上的蚂蚁，巴不得立刻找个地洞钻进去。

我对那个从来不曾好好聊过天的人干了什么好事？现在那个人一定很讨厌我吧，一定会认为我是差劲到不行的人吧。当时我的脑袋尽是这些想法，涨红了脸，四处张望，想找个能够藏身的地方。就在此时，我和杨秀珍四目相交。杨秀珍直视着我，带着了然于心、总算明白一切的表情。

"你，"杨秀珍说，"该不会是故意的吧？"

不是。不是那样。

"为了他？"

杨秀珍指着贤圭学长再度追问，声音听起来很冷静，也似乎因为憎恨我，因为气愤，还因为忍无可忍而有些颤抖。我搞不清楚了，如今有许多事情我都不敢确定。那一刻，我既悲伤又痛苦，只觉得羞愧到了极点。我知道当下就应该开口解释。不是，不是那样。可是，究竟是在指哪件事呢？我并不想事无巨细地向春子的女儿辩解。

我转过头，快步离开那个地方，杨秀珍没有追上来。

就这样，我成了大家眼中的"说谎精"。

我成了杨秀珍坐在后面时最常说三道四的女同学，成了捏造假八卦的"说谎精"，不知好歹的女人，追在贤圭学长后头跑的女人。还有，还有，我成了……的女人。我可以变成任何一种人，现在是如此，往后也一直会是。

要是有人认为这根本不算什么，我一定会勒死他。

可是，这已经是十二年前的事了，为什么又旧事重提？说我是"说谎精"，说我依然谎话连篇？

*

没必要再考虑了。我拿起手机，按完号码，贴到耳旁。一听到电话拨号音，压抑多年的话顿时涌上嘴边。

我不是"说谎精"。

还有，宥利死了。没人记得她真正的模样，她成了永远的"吸尘器"。不可以这样，这是不对的，没有人应该受到这种待遇。

拨号音戛然而止，一个尖锐又自信满满的嗓音传了过来。我一下子就听出来了。秀珍，我怎会忘记你的声音？我吞了吞口水，如今不再胆怯。

当时的杨秀珍用那个嗓音对我说："没有任何行为比捏造某人的假八卦更无知。你没想到会被揭穿吧？当然没想到啦，就是因为如此，你才会到处散播消息。因为你很愚蠢。"

如今，我打算将这番话还给她，我做得到。

"喂，请问哪位？"

瞬间，我涌上喉头的自信消融了。假如这次又不是呢？假如我又弄错呢？

杨秀珍再次问道："喂，请问哪位？"

我稳住心绪后开口。

"是我。"

我依然不敢确定，但认为可以姑且一问——是你写了那些话？难道现在还怀恨在心吗？

是啊，我大可以开口发问，早就该这么做了。

即便被李镇燮打时，我仍一心想着如何才不会挨打，想迎合他的喜好，让他心情变好，避免他对我动粗。

但真正需要的，是我开口说："住手。"

别打我。

"什么？请问你是哪位？"杨秀珍反问。

我回答："是我，金贞雅。"我艰辛地吐出一口长气。

杨秀珍没有回应。

我让准备好的台词在舌尖上蓄势待发。不能再拖延了，快点，用有条不紊的口吻问个清楚。正打算唤杨秀珍的名字时，另一头传来仿佛无言以对的咂舌声，接着对方斩钉截铁地说了一句：

"疯女人。"

接着电话就挂断了。杨秀珍没有再接起电话。

分析

我问最后一次哦，这真的不是你的病历吧？

好吧，我知道了，我只是出自担心。因为如果这是你的病历，我打算立刻拖你去医院。

好，我现在替你说明。长话短说，这位患者频繁进出医院，状况很不乐观，一定非常痛苦煎熬。

患者做宫颈癌筛检时发现了异常的细胞，在下个阶段的检查中，检查出两项人类乳突病毒[1]高危险群，还有一项是低危险群。高危险群的病毒你也晓得，是会发展成宫颈癌的病毒。这位患者还做了病理检查，出现了处于分化不良阶段的结果，也就是演变成癌症前的阶段。

分化不良也有分期。假如在癌症之前分成三期，那么这位患者就是从第二期发展到第三期。这样懂了吧？虽然有极少数

1　人类乳突病毒：一种 papillomavirus 科的 DNA 病毒，会感染人类的皮肤和表层黏膜。

的案例会选择继续观察，但如果是这种程度，我们院长会建议动手术。这项手术叫锥状切除手术，是针对子宫颈的病灶处进行锥状切除，可是患者记录就只到这里，所以不晓得她是否动了手术。

在医院待久了，自然会遇到形形色色的患者，我也多少会受到影响。身为一名妇产科的护士，我最常感受到的情绪就是冤枉，尤其看到拥有这种病历的患者时更是如此。你也知道，人类乳突病毒在男性体内不会有特殊反应，在女性体内却会如烟火般炸开。

有时候，我会怀疑造物主的脑袋是不是有洞。

让女人生孩子还不够，就连生病也要让女人"中奖"？倘若我是造物主，就会让生孩子这件事成为未知数，不晓得会是男人生还是女人生。要是发生了性行为，没人知道两人之间谁会怀孕，如此一来，我看就不会有男人要赖说戴保险套没感觉，或搬出"男人本来就无法抑制性冲动"这种说辞了。我在医院里见过许多痛哭失声的女人，尤其在她们罹患性病时。这根本没什么，真的只是小事一桩，是女人难免都会碰到的问题，有些女人却害怕得要命，因为觉得自己变得很肮脏。这是什么逻辑？得病和肮脏，两件事到底有何关系？

细菌引起的性病只要服药、接受治疗就会好转，不过病毒可能会发展为癌症。这可是会让身体生病，是攸关性命的问题。两人一同享受欢愉，却只在女人身上发病，这是什么狗屁不通的歪理！我看非得控告造物主不可！所以，当女人碰到这种问题时，也无处宣泄或埋怨。

你想想看，其他疾病都能追究责任。好比平常吃了刺激性的食物，所以引起胃炎；因为缺乏运动而变胖，导致相关疾病的发生。可是人类乳突病毒不一样，某位女性受到了感染，但在刚才与其发生关系的男人身上却大多无法找到相同的现象，因为棉花棒无法深入男人尿道的内侧，要检测出来并不容易。因此男人就会说，我身上没有病毒，这是你的问题。不分性别，大家都有没被普及病毒知识的可能，所以男人才更加嚣张，就连检验名称都叫"宫颈癌筛检"嘛，这就像是叫女人管好自己的身体一样。

再说了，关键在于反正又不是自己生病。生病这回事啊，无论关系如何亲密，即便他人再善解人意，只要不是自己生病，能体会的程度就有限。毕竟男女的身体结构也不同嘛，女人的性器官是深入体内的，又不能低头细看有没有哪里异常，自然会感到不安。每当生理期来晚了或腹部疼痛，也只能一切凭感觉，不停地焦虑且怀疑：我没事吧？该不会是哪里生病了吧？可是，假设真的生病了，真的得了某种病，生病的是你自己的身体，身旁的男人虽然会安慰你，但终究不是他的事。

我讲个故事给你听好了。

有个女人在婚后得了宫颈癌，丈夫牺牲一切来照顾她。因为不是晚期，所以她只是吃了点苦头，最后幸运痊愈了。这听起来是个幸福美满的故事吧？可是，你知道最让女人倍感压力的是什么吗？就是她丈夫——深爱着她，为她付出一切的丈夫。

她丈夫一心想要照顾这柔弱的女人，所有行程都配合太太。两人当然无法有性行为啦，用膝盖想也知道。大家赞叹丈夫很伟大，问他如何办到的。是啊，他是很伟大。晚上加完班，回家路上还跑到有机蔬果店找太太要吃的草莓，这样的他确实很伟大。大家都说，因为他的牺牲奉献，太太的病情才得以逐渐好转。这句话没有说错，毕竟照护病人本就吃力不讨好。对他来说，这是场稳赚不赔的交易，因为他成了为深爱的女人奉献的男人，获得众人的称赞。就算他只是替太太围个围巾，也能成为一个好丈夫。越照顾太太，他越自我感觉良好，认为自己是个好男人。这对他而言是个很有意义的经历，那么，对太太来说呢？

她接受手术、挨过抗癌治疗，要进行食疗，勤加运动，还有伴随病情而来的忧郁症。可是，有一天她不过是吃了一块甜辣酱口味的炸鸡，就被念叨说不负责任。她先前的努力变得毫无意义，就因为这一个小小的举动，她就成了一个不良患者；每当丈夫为她付出什么时，她都必须竭力避免自己萌生"为何会变成这样"的念头。万一有天丈夫不再爱她了，那会变成怎样？她是不是耽误了这个人？丈夫会不会是出于责任感才留在她身边，一直在等待她的病痊愈的那天？如果他一直在忍受她呢？太太甚至必须承受这些想法带来的压力。

她深爱丈夫，所以必须更加努力，为了守护他的爱，她奋力与病魔对抗。因为要是她感到倦怠无力，他就会大失所望，觉得至今为她奉献的一切徒劳无功。要是两人能怒不可遏地大吵一架反倒还痛快得多，只要时时刻刻都在发泄怒气，就不会有多余心思去埋怨谁。没错，我必须无暇去想这些。我怎么会得这种病？

病痛就和在白色图画纸上泼洒红色染料般鲜明而单纯，每天都会有一成不变的疼痛找上门来，除此以外没有其他感觉。她失去胃口，失去声音，失去触觉，也失去了心。

每当皮肤底下感受到疼痛时她会明白，在全身上下只剩下疼痛时她会领悟，所谓感情，原来也会消失不见。

但她必须装作没事，与想要放声嘶吼的内心对抗。她害怕自己会死去，害怕会失去丈夫，所以她怨恨、憎恶生病的自己。

是啊，我所经历的那些时光，好孤单，真的好无助。

在接受治疗时，我还见过这种患者。生病本身已让她认为失去身为女人的价值，所以干脆不向他人倾吐自己的痛苦。男人以为女人不在意，于是继续要求发生性行为，而每次女人答应后，就会跌入更万劫不复的深渊，因为病情恶化了。

你觉得那女人很傻吗？是啊，她很傻，很愚昧，但我无法这么说。人一旦生病就容易心软，看不到未来，眼光变得狭隘。对那位患者而言，在身旁的爱就是全世界，是她的全部，这有错吗？光是生病这件事就已经够痛苦了，为何患者孤单无助、想依赖某人的心情都要被他人评价为无药可救？这不是发生性关系才引起的疾病吗？要是双方拥有一起担负责任的共识，就不会演变成这种情况。

是啊，的确有很多坚强又充满自信的女人，无论遇到什么状况都能战胜一切，但不是每个人都天生如此，也不是后天就能培养出来。为什么在那种困境中，评价的标准反倒还变高了，而患者必须负责靠意志承受一切？

也对，最让人百般执着的就是疾病本身，所以患者一心祈求：拜托赶快让我好起来，让病痛消失吧。内心变得急迫，自然就会对每件事产生执着。我就是那样。虽然有人变得无念无想，放下了一切，但我恰恰相反，我什么都想守护住。我真的很讨厌那种心情。我是如此迫切与渴望，又必须竭尽全力。就在刮除如残渣般情绪的某一天，我感觉到了。拜托让它结束吧，让所有痛苦结束吧。我好想休息。

我想死。

得病，等于是将我的幸福交付给他人，让人惶惶不安又胆战心惊。

这位患者，一定感到生不如死。

我不想看着图表说出这么情绪化的话，但总之我先继续讲下去。

从八月二十日到十二月一日为止，患者几乎一个月会来医院两次。从病历上来看，大致出现了这些症状：

八月二十九日，阴道出血，有剧烈刺痛感，检查结果为阴道有伤口。

九月十四日，因外阴部疼痛住院。进行了性病检查，医生建议停止性行为。

还有，九月二十四日，患者表示外阴部持续疼痛，同样是有了伤口。从这里可以得知性病检查结果，是感染了滴虫和披衣菌，医生再次建议停止性行为。开药后又进行了复检，显示没有细菌。这时是十月五日。

接下来，十月二十四日、二十五日患者连续来了两天，症状都相同，果然医生还是建议停止性行为，并再次给患者做了性病检查。接着一星期后，又检查出感染滴虫和披衣菌。

这表示对方没有接受治疗，才再度感染。有些人即便感染了也不会出现症状，所以会不经意地传染给他人，最后就搞不清楚到底是谁传给了谁。可是从再次检验的结果来看，她似乎没有向对方透露病情。

为什么她没有说呢？我并不想在此发挥想象力。

患者有一阵子没来，直到十一月才又挂门诊。这时状况就比较严重了，就连外阴部都流了脓液，接着做了宫颈癌检查。一星期后，检查出一堆病毒。这一天还做了病理检查。

检查结果是在十二月八日出来的，医生诊断为中度分化不良。

我不想擅自做其他判断，可是你看这里，医生持续建议停止性行为，还有，即便滴虫和披衣菌感染都接受了治疗，仍然检测出相同的细菌。这根本说不过去，这表示患者在疼痛状态下仍继续做爱嘛！接触的肌肤应该会痛得不得了，这种状态下做爱会有快感吗？若非如此，那就是有受虐倾向了，但患者是这种人吗？

这位患者想接受治疗，铁定如此。

这人是谁？是认识的人吗？

好吧，我不问了。不过，如果是你认识的人，一定要带她去医院。

不过，这记录是什么时候的？一年前吗？啊啊，原来是这时候，那么那又是啥？

哦，我是说你手上的笔记，那也是医院记录吗？不是吗？不然是什么？干吗遮遮掩掩的？

好啦，我不问就是了。总而言之，我能说的也只有这些。

你一定要帮助这个人。

第二部

东熙

"快被逼疯了。"东熙一躺到床上便开始喃喃自语，"到底该拿这疯女人怎么办？"

左思右想，还是想不出原因。那天分明没有发生任何事。他和上自己课的五个大学部学生一起吃饭喝酒，接着去了KTV。当时他喝到微醺，所以记得不是很清楚，不过金东熙唱了大概四首歌。其他学生唱歌时，他则安分地坐在位子上。当然，他确实是坐在金伊英旁边。金伊英是他课堂上最聪明的学生，虽然现在才大二，但分析和理解作品的视角要比即将毕业的学长都要出色。不过，她在KTV根本玩不起来。最近，会读书的女孩子也很懂得玩乐，金伊英却是典型的书呆子，她只是静静地坐在角落看同学们唱歌。起初她并没有这么安静，直到第二场酒席时都还很热络，可是在KTV时，她却闷闷不乐地盯着墙壁，看起来有点装模作样。他不禁怀疑她是否和同学们有什么口角，因为她实在太安静了，让人耿耿于怀，气氛也显得很尴尬，好像非得开口说些什么才行。于是他带着鼓励伊英的念头，轻轻拍了一下她的背，希望她无论碰到什么事，都能打起精神来。

真的只是轻轻拍一下。

这是老师经常对学生的典型举动。大家在替别人加油时，会拍一下对方的背；骂完小孩后，轻声安抚时也会拍他的背；见到阔别多时的朋友时，也会拍对方的背，表达自己内心的喜悦；向不认识的人问路时，也会伸手拍那人的背。

真的只是轻轻拍了一下，没别的意思。所以几天后，得知伊英向咨商中心检举他性骚扰时，他非常惊慌失措。

"嗒。"

除了那个动作，他什么都想不起来。在他的记忆中，那是他唯一碰触到伊英身体的举动。

居然说我性骚扰伊英？

伊英向学生咨商中心的两性平等咨商室如此陈述："欧亚文化内容系的金东熙老师趁大家忙着唱歌、无暇顾及其他时，跑来坐在我旁边。因为喝了太多酒，我的胃很不舒服，身体有点麻麻的，所以坐在位子上安静休息。这时，金东熙老师抚摸了我的背部，触碰内衣的肩带。我清楚记得他的指尖碰到我的背，看到我吓得扭动身体，老师还笑了。接着，老师就起身唱起歌来。"

接到咨商中心打来的电话时，东熙忍不住笑了，还以为这是在开玩笑。

"说我干吗了？"

但咨商中心室长反问他和学生金伊英一起喝酒是否属实时，声音听起来冰冷又严肃，东熙这才感到不太对劲，他明白自己如果不积极处理这件事，就会惹祸上身。他随即跑到咨商中心，才刚走进去，员工的视线便集中在他身上，大家好像都在谴责他。

见到东熙后，室长表情僵硬地打了声招呼。东熙和室长是旧识，因此他认为只要亲自出面解释就能解决问题，室长却突然和他保持距离。大家全都信了那个不过二十一岁的丫头的说辞。怎么会这样？他可是在安镇大学待了十二年。

咨商中心的室长是他从大学时代就认识的人，他原本是人文学院的行政人员，后来升迁成为行政室长。两人在东熙询问奖学金相关事项时见过，在研究所当助教时也打过不少次照面，那时室长在攻读心理学博士学位，虽然有一定岁数，但总之同样都是学生身份，所以东熙也经常在研究所的饭局上见到他。室长是个善良敦厚、具有男子气概的人，也很欣赏东熙，他还曾在某次饭局上对东熙说，最近的男同学都不想攻读人文学，像东熙这样雄心勃勃的男生留在学校真是太好了。

"果然是真男人啊。"室长边说边拍了拍东熙的肩膀。

东熙一路看着曾是一般职员的他升上行政室长，东熙也在这期间从二十岁迈入三十岁，从学生变成讲师。两年前，室长被调到学生咨商中心，当时东熙还送了盆栽道贺。那是一盆盛开的白色绣球花淡雅盆栽，为了挑选合适的盆栽，东熙在花店里考虑了十三分钟。金伊英不过是在这所学校就读一年半的"小鬼"！区区一年半！室长和东熙有十二年的交情，现在那个说谎话的黄毛丫头比他更有分量吗？就因为她主张自己是受害者？单纯是这个原因？

室长把他拉到里侧的咨商室，东熙感觉自己像走进了侦讯室。室长现在在意的是自己的名誉。性骚扰是极度敏感的问题，不仅涉及受害者与加害者，如何受理事件以及是否做出迅速合理的处置等，都会构成问题。若是在调查过程中有了失误，将会对被害者造成二度伤害。在那种情况下，咨商中心将会被谴责袒护加害者，那这就不会只是加害者与被害者的问题了，咨商中心会被贴上与加害者沆瀣一气的标签。再说了，如果受害者是像金伊英这样讲究是非分明、脑袋又聪明的女孩子呢？

东熙坐了下来，皱起眉头。金伊英肯定在室长面前卖弄了女同学的人权或兼职讲师的权威那些名号。也就是说，如果不慎重处理这个事件，她就会向媒体爆料，把问题闹大，室长也被吓坏了。东熙终于彻底理解了状况。东熙初次见到金伊英时，也认为她是个不容小觑的女生，想法和言谈举止都和其他学生不同。她很清楚自己出类拔萃，且会不计一切地努力爬到符合自己的位置。老实说，东熙正是因此才对伊英产生兴趣，她让他想起学生时代的自己。尽管东熙认为讲师不过是谋生手段，但仍具备身为老师的直觉，那份直觉经常对伊英这颗未经雕琢的原石产生反应。

东熙能够理解伊英为何经常发问。

学校充斥着要学生上台报告，自己却在教室后头睡觉的老教授；还有让学生像高中生一样抄写板书，要求学生写一大堆报告，上课却什么都不教的教授。他们的教学评鉴之所以评分高，只是因为给分很宽容。相反地，知名教授的课到了选课时总是大爆满，接近百名的学生把教室塞得密密麻麻，像在分食一块大地瓜般，把分到的一丁点知识带回家。当然不可能有发问机会，也不可能进行讨论，光是能听到学者的嗓音，学生就该心满意足了。

东熙也经历过这些。伊英就像十二年前的东熙，他一眼就能看出她满腔的不平。真不该把心思花在那种丫头身上，想到至今的努力即将化为泡影，他顿时十分茫然。自己怎么会被卷入这种状况？李康贤那个嘴巴散发恶心味道的魔女，一定会一边盯着东熙发出啧啧声，一边敲着电脑。她铁定会用"你已经失去利用价值了"的冷血表情看着东熙。

室长在等着明年升上主任的位置，一定不想因为小事而让一切化为乌有。当然了，比起东熙的十二年光阴，他的资历更为重要。东熙试图让自己冷静下来，却仍抑制不了满腔怒火。就算金伊英是个愚蠢的孩子，但室长怎么可以这样？蓦然，他想起了多年前在学校无声无息消失的某个人。

"吸尘器"。东熙差点就笑了出来。有一次，同年级的男同学试图亲河宥利的嘴，但河宥利没有指责那人，也没有把事情闹大，完全是个百依百顺的女孩子。果然，无论是财力、权力或性格，加害者必须有一项不能招惹的地方。

"这是诬陷。"

东熙好不容易才吐出一句话。室长在他面前放了一个装了冷水的纸杯。东熙仔细说了自己所记得的状况：先在烤肉店吃了肉、喝了烧酒，然后在啤酒屋喝了啤酒。

室长小心翼翼地询问："听说老师您在啤酒屋时硬要学生喝酒？"

东熙叹了口气，脑海短暂浮现金伊英的脸孔，接着又消失。他大方地请学生吃饭，喝咖啡，还不吝惜地教导各种知识，学生却用这种方式来捅他一刀？他内心充满懊悔，但仍再次沉着地解释状况。五个学生中有三个是男同学，女生是金伊英和另一名女同学。那个女同学看起来酒量比东熙好，东熙也就很自然地持续替对方斟酒。金伊英看起来不胜酒力，但有那些男同学和另一名女同学礼尚往来也就够了，所以东熙并没有太在意金伊英。说实在的，他连金伊英有多少杯黄汤下肚的事都不记得，只不过看到大家都在喝酒，唯独她小口啜饮着水，才随口说了几次"你也喝杯酒吧"。他既没有斟酒硬塞到她嘴边，也没有厉言胁迫，要是不喝就不放过她。

我不过是叫她喝点酒罢了。他妈的。

东熙并不是那种会看不喝酒的学弟、学妹或新生不顺眼，硬灌他们酒还当有趣的老顽固。东熙很痛恨老顽固，为了避免成为那种爱摆架子的大人，他总会再三自我反省。身为一个好男人，这可是东熙的骄傲。

他自信满满地回答："绝对没有。其他学生可以替我证明，我保证。"

室长的脸上没有丝毫变化。

东熙用不耐烦的口气补上一句："那其他女同学为什么没有检举我？怂恿我喝酒的反倒是那名女同学。"

听了东熙的话后，室长用熟悉的语气回答："所以啊，您为什么要和学生一起喝酒？"

东熙这才觉得总算说到了重点，马上就做出了回应。这些学生已经修了三学期的课，他很关心这些孩子，再加上他们似乎有意进研究所，所以想和他们谈谈。接着东熙强调，起初说想和老师一起喝酒的是学生，就是金伊英！是金伊英要东熙请大家喝酒的！

换作平常，东熙肯定会一笑置之，但那天下午的约会正好被取消，而且学期马上就要结束了，所以他想，和大学部的学生一起度过也不错。

但他没有说，饭局是临时才决定的。

都是因为李康贤。

事情发生前一天，东熙听说从去年开始推动的研究所确定要成立的消息。指导教授表示，研究所的运作将会以上学期提供支援的计划事业组为重心。既然从撰写企划案时就共事，东熙也理所当然地认为自己会加入研究小组。大约从五年前开始，欧亚文化内容系的主要计划均由李康贤主导。

当天，李康贤亲自致电，说往后会由东熙负责，还说辛苦他了，接着又说："话说回来，翻译不能快点弄好吗？"

东熙挂了电话，内心忍不住咒骂了一番。这个魔女，自从进研究所后，东熙就一直在替李康贤翻译研究论文需要的资料，甚至还替她写了一部分论文。这是两人之间的秘密。东熙怎么也没想到，自己会和大学时代总是被人偷偷取笑有口臭的李康贤演变成这种关系。

按照他的标准来看，李康贤早就应该滚出学校了。从十二年前到现在，她一直在教十九世纪英国文学的女性研究课程，但问题并不在此，东熙对女性主义课程没有任何不满，反倒主张女性主义课程应该更多元化。只不过，他认为李康贤就像鹦鹉一样，连续十二年来都用一成不变的论调上课，认定男性就必定是压迫女性的存在，女性则是长久以来遭到歧视的被害者，这种方式无疑是一种暴力。所谓的研究人员，不应该是创造新理论、扮演引领进步的角色吗？当然，东熙明白这有局限性。说穿了，东熙也同样不属于提出新理论的学究派。

毕竟他是醉翁之意不在酒，但李康贤真的无可救药，她连最低限度的责任感都没有。李康贤并不是研究十九世纪女性英国文学的人，只不过把这个主题当成自己的旗帜，化石般在这所学校里硬撑着罢了。

女性主义？东熙打从心底嘲笑李康贤。这个年近四十岁还子然一身的女人，在前年升上副教授后，和安镇某个韩医[1]师结婚了。她相亲了无数次，还曾在饭局上大言不惭地表示："男人要有房，家世背景要好，还要收入不错才能结婚。"

这个像狗一样的女人。东熙内心想着，她在学校里一边读着《简·爱》，一边大肆谈论女性要经济独立，还敢说什么男人要有房？

这女人是个骗子。虽是英国文学系毕业，却连一堂原文课都上得乱七八糟，但教学评鉴是最高的，明明都是靠给分宽容嘛！她就像在分送免费糖果给孩子们般，到处把"A"撒出去。她之所以一直都只负责必修科目和以固定标准评分的课程，全靠拉拢指导教授和人文学院的各方老师。

东熙虽然很讨厌她，却也觉得她的政治手腕很可怕。一进入研究所，东熙的直觉便告诉他要和李康贤拉近关系。只是，李康贤很讨厌他，动不动就叫他"蹩脚的自大男"。他不懂，他从未在李康贤面前有过那种举动。

认真说起来，也只有李康贤会这样叫东熙。他的朋友们，特别是女同学都感到很讶异，没有任何女生认为东熙是"自大男"。东熙明白了，李康贤是个充满被害妄想症的怪女人。一看就知道，她就是那种一大把年纪却没谈过一次像样的恋爱，只会埋首书堆的女人。长得既不漂亮，嘴巴还经常散发异味，

1　韩医：根据传统中医发展出的朝鲜传统医学。（译者注）

有哪个男人会看上她？她肯定会狡辩说男人之所以不喜欢她，是因为女性主义云云，借此发泄怒气吧。还有，看到像东熙一样和女性相处融洽的男人，她就会怒不可遏。换作平常，东熙早就对这种女人避之唯恐不及，但只要待在研究所一日，就躲不开李康贤。东熙放低身段做出了努力：参加饭局时，就挨到她身旁斟酒；去 KTV 时硬逼自己飙高音，每次都在一旁待命直到聚会结束，最后还护送李康贤上出租车；碰上佳节，他都恭敬地致电问候，还不忘献上一份礼物。

但不知为何，李康贤依旧态度冰冷。眼见最近李康贤逐渐成为系里最具影响力的教授，东熙不由得焦急万分。李康贤如今觊觎的是正式教授的位置，要达到这个目的，就需要与之相符的成果。李康贤不仅发表了大量论文，还深入参与学校计划。有不少人耳语，这世界是怎么了，连如此无能的人都能成为教授，但东熙认为，不谙人情世故的人才会这么说。实力？当然重要了，但真正关键的是数量可观的研究成果。李康贤非常懂得如何打造漂亮的成绩单，尽管研究人员不乏深具实力和学历出众者，但都比不上李康贤。

东熙看出了她的本事，因为他也同样功利主义。东熙一完成博士课程，随即开课当起老师，并且连续发表了四篇论文。这些事做起来并不容易，但东熙办到了。他虽然热爱学问，但那与对学问本身的热情不同，他真正热爱的是学者高高在上的地位。

他明白在地方大学选择研究学问当成谋生工具的意义。他并非热爱学习才进入研究所，这就和有人进大企业工作，有人参加公务员考试没有两样。这是一项职业，名为学者的职业，享有着名为教授的地位。这意味着会有人在我的文章上面加上注释，肯定我的意见，进而提出新理论，还有我这个人成为某人的参考文献作者的荣耀感。东熙很露骨地觊觎着这份职位，但这个领域遍地都是聪明人，他并不打算采取正大光明的手段。

有些研究人员再努力，一年也只能勉强写出一篇论文，但也有些人几个月就产出高水平的论文。说穿了，学校地位差异是最大的障碍。首尔的大学内多的是能流畅使用外语或外语能力接近母语使用者的研究人员。信息方面，讨论的生产与消费也均以首尔为主。东熙是地方大学的研究人员，他完全不打算用相同主题来和他们较量。

他的目标很明确，一直都是如此。十二年前，他的考试成绩远远高过这个小城市的地方大学的录取线，之所以高分低填，是因为能确定得到两样东西：其一是奖学金，其二是顺利就业。起初他打算在就学期间取得所有文献信息相关证书，未来在国营企业就职，但求学时改变了主意。首先，课程很有趣，他属于英语能力强的学生，也选修日语当作第二外语。欧亚文化内容系正如其名，有许多以外语文献为主的课程，他因此崭露头角，同学之中没有比他更杰出的人才。他带着要进研究所的想法，观察着系里的氛围。

在撰写有关文章、进行讨论的过程中，他隐约明白了研究也需要才能：选择主题的眼光、引领后续讨论的文笔、理解大量文本的能力，都需要才能作为支撑。

退伍后大概过了半年，他决定考研究所。他有自信吗？有的。因为他有才能？这倒不是。东熙丝毫不认为自己有才能，只不过他能准确掌握自己做得到与做不到的事情。

他虽无法提出创新的主题，但至少有能力选出可能成为话题的素材。此外，他的外语能力很强，虽然外语能力强的研究人员比比皆是，但在安镇就不是如此了。那是新成立的科系，除了转学或转系的学长，他是第一届的学生，预计也会成为第一届的研究生。不仅是教授，就连讲师都干劲十足，因为尽快交出亮眼的成绩让科系打下稳固基础，是他们巩固自身地位的方式。

就读大学时，东熙便是经常被教授和讲师们叫去的学生之一。他们多次劝说东熙报考同校研究所，提出给全额奖学金、补助研究经费、事业团活动等不必担忧生计又能继续求学的方法，借此说服东熙。

东熙考虑到若进入国营企业公司会耗费大量时间与金钱，以及进公司后到升迁所花费的时间，而进入欧亚文化系研究所不会是一笔赔本生意，况且他又具备毕业于安镇大学的优势。从首尔聘来的教授占了一半，安镇大学毕业的教授也占了一半，学校派系就和新罗时代依据血统界定身份的骨品制度[1]相似。尽管东熙的能力足以进入首尔的研究所，也敌不过骨品制度里屹立不倒的人脉和既得利益。东熙心知肚明，假如他是不可多得的杰出人才也许还有转圜余地，但凭他的实力，不可能在首尔圈摆脱次等的身份。但他至少能以地方豪族之姿留在安镇。

东熙是个功利的人，深信唯有拿出成果才有挑战价值。综合本科系出身、研究所、新科系、外语能力等各种考量，他下了一个结论——进入研究所要比在不上不下的公司任职更快出人头地。即便时机晚了些，也能凭借研究所的学历在相关企业另谋出路。进入研究所时，他已确立了目标，他要坐上安镇大学的第一把交椅。

李康贤和他很像，她所选择的计划、论文主题、学校人脉等都具有功利目的，这也是大家轻视她的原因。东熙的同学和前辈们——这些被称为"将灵魂奉献给学问的研究人员"纷纷慨叹：就是因为有李康贤这种人，真正有实力的人才无法获得肯定。重视政治手腕胜过钻研学问，不花心思追求学问的纯粹性，反倒倾注心力在有利可图的学校事业上，这成何体统？

当他们愤愤不平地批判安镇大学就是因为有李康贤这种人才会停滞不前、毫无发展时，东熙没有反驳他们，与人正面交

1　骨品制度：古时朝鲜新罗实行的一种严苛的以血缘关系为纽带决定政治地位和社会地位的社会等级制度。

恶不是他的风格。他只是适时地皱了皱眉，假装摆出陷入怀疑与苦恼的年轻学者姿态。不过，东熙真正轻视的正是将灵魂奉献给学问的这些人。学问、热忱，还有大学的本质？他根本瞧不起那些因热爱学问才踏上这条路的论调。

人类的语言还真是神通广大，没有什么比语言更适合拿来掩饰本质、打造虚假表面了。为了表达真实的内心所动用的形容词，多得令人瞠目结舌。所谓的学问，就应当追求真相，成为向留存于世上的人类提问的最后一道堡垒？学者就应该进行严酷的自我审查，持续探求学问究竟为何物？在这个将成果奉为圭臬的资本主义社会中，学问就只能持续抛出令人不快的提问？

可是，吐露这些心声的人真正想得到的是李康贤所在的位置。他们之所以讨厌李康贤，是因为她占据了那个位置。他们认为应该受到肯定与礼遇的是身为学问骑士的"自己"，而不是她。还有，也因为她是个女人吧。在东熙看来，李康贤要比这些无法区分渴望认同和热爱学问的蹩脚学究派强多了。只要李康贤不讨厌他，一切就堪称完美了。

究竟为什么？

每当李康贤在课堂上公然嘲弄他是"蹩脚自大男"，或冷眼盯着他时，他就会冷汗直流。在李康贤面前，他的言谈举止都会小心翼翼。我什么时候惹到她了？女生们对东熙的评价很好，至今交往的女友都很喜欢东熙。当然，分手时免不了被骂一顿，但世上哪有好聚好散的情侣？他从来不会在女人面前表现得很专制或使用暴力，对于女人梦想中的男人模样几乎了如指掌。当然了，他并非一开始就驾轻就熟，而是靠后天学习的。

是多年前从刘贤圭学长那儿学来的。

当年他看着贤圭学长，明白了女生喜欢温柔亲切的男人，替自己加分的秘诀就在于让女人感觉到，女人在男人心目中有分量。话说回来，刘贤圭学长真是了不起。起初东熙看他很不顺眼，坐拥一切的人会自然散发从容不迫的气质，但贤圭学长真的是个好人。那种人不会轻易诞生于世，也绝对无法轻易找到。东熙之所以会听到女友抱怨"其他男生都怎么样，你却怎么样"，全是因为贤圭学长。只要按照他那一套行动，一切就会变得轻而易举。但，唯独李康贤是个例外，她仿佛在对东熙说：无论你再怎么努力，都不可能成为像刘贤圭一样的男人。

"贱女人。"

他无法忍受一个有口臭的蠢女人公然藐视他。

有一天，他带着谈判的想法跑到李康贤的研究室。李康贤只是淡淡瞄了他一眼，便不感兴趣地继续读书。东熙走到她身旁，李康贤呼了口气。东熙屏住呼吸，每走近一步，就会有恶心的味道飘过来。

东熙一言不发地站在她面前。

李康贤依旧没有正眼瞧东熙，东熙吞了吞口水，偷瞄一眼李康贤正在阅读的书——是英文书。

他思考了一下，接着开口道："我来是因为觉得，可以帮上您的忙。"

李康贤这才抬起视线看他，嘴角上扬，一副觉得他很可笑的样子。

"帮什么忙？"

"减轻您的工作。"

李康贤依然不动声色，看着东熙："是吗？"

事情就是这么开始的。他帮忙修改李康贤的英文论文、翻译资料，还代替她写了一部分初稿。之后，李康贤对东熙亲切得令人吃惊，不仅带他参加重要场合，还在其他教授面前对他赞誉有加。最后，李康贤的英文论文几乎是由东熙一手包办的。

他并不觉得自己卑微或受压榨，那是有来有往的明确利益关系。只要东熙帮助李康贤，她就会提供合理的待遇。李康贤并不是东熙的指导教授，没人会对两人的关系起疑。事到如今东熙才明白，李康贤讨厌的是东熙企图不劳而获。我的天啊，当初怎么没意识到这点！李康贤压根就是个不亚于东熙的功利主义者，不是吗？

总之，李康贤手上握着有利的牌，这是明摆在眼前的事实。因为李康贤是给予的一方，东熙是伸手接受的一方，因此李康贤必定会像那天一样，以理所当然的态度使唤东熙。

"贱女人！"

那天他和李康贤谈完后，内心忍不住咒骂。即便和李康贤变成合作关系后，他仍无法抹除心中的不踏实感。虽然不晓得问题在哪儿，但李康贤似乎摸透了东熙的底细。她总用一双狐疑的眼神看东熙，就像在说"就算大家都觉得你平易近人又机灵，但你骗不了我"。

傲慢自大的女人，要是没有那股从子宫中奋力挣扎爬出来的政治手腕，你早就死无葬身之地了！但李康贤现在的地位太高，无法与之正面冲撞。他有时也很想干脆拆穿一切，最后还是按捺了下来。他不能毁掉至今所取得的成就，更没有愚蠢到去以下犯上，承受紧接而来的各种损失。

就在此时，他看到金伊英经过人文学院前。这个黄毛丫头虽然比大学时期的李康贤聪明百倍，但性格却和李康贤一模一样。要是能回到过去，遇见当年的李康贤，他绝对不会像现在这样任由她摆布。他会将她玩弄于股掌之间，直到她声泪俱下、苦苦求饶为止。

他走下车，阔步走向前，喊住了她："金伊英同学！"

伊英回头看他，露出嫣然一笑。瞬间，东熙的满腔怒火熄灭了。这个比当年的李康贤更聪明，更平易近人，嘴巴也没有散发异味，又更加漂亮，更有女人味的女同学，对东熙充满了尊敬。他和伊英一起走进教室，伊英身上散发出隐隐约约的柔和香气，那是唯有那个年纪的年轻女孩才有的温柔芳香——在李康贤这种女人身上绝对闻不到的味道。对东熙说的话照单全收的金伊英，以仿佛他能够回答世界所有问题的眼神望着他，抛出各种疑问的金伊英，就在东熙的身旁。

"最近的天气很适合喝酒，对吧？"东熙说。

那时，金伊英分明是对东熙存有敬意的，因为她羞红了脸，兴奋地回答："是呀，老师！改天请我喝酒吧。"

"那今晚有空吗？老师想和修三个学期课程的学生喝一杯。"

"好的！老师，那我去问一下同学们，大家应该都没问题。"

东熙再次笑了，接着轻轻拍了拍伊英的背。想起来了。不只在饭局，东熙早在人文学院前，在众目睽睽之下就轻轻拍过伊英的背。那么，她为什么对此一句话也没说？

他真搞不懂。

"金老师。"室长唤了他一声，"要是双方说法继续有出入，将会成立真相调查委员会进行调查。"

"尽管调查，反正我也是受害者。"东熙也不甘示弱，口气很冲地回答。

室长叹了口气，表示他持反对意见。东熙也明白，若这件事闹到要成立真相调查委员会，只要有个闪失导致必须接受警方调查，那就真的令人头疼了。东熙察觉室长想规劝他，承认自己虽然记不太清楚，但酒后失态犯了错，让整件事画上句号。

"我要承认什么？我又没干什么事。"东熙再度提高音量。

室长随即表示，东熙现在的情势不妙，要是成立真相调查委员会，就意味着会演变成社会案件，就不会像现在一样事态还是可控的了。听到这番话，东熙察觉金伊英一定提出了什么条件，若非如此，室长也不必这样拐着弯说话。室长之所以会说情势对东熙不利，是为了让他了解非得接受金伊英的要求不可。

东熙问："她想要什么？"

室长怯怯地回避东熙的眼神。

金伊英希望东熙被解雇。

大概是料想到东熙可能会再次破口大骂，室长马上接着说："可以私下和解。"他将纸杯推到东熙面前，"可是，您至少必须中断下学期的课程，包括学校活动在内。"

东熙一言不发地站起身，直接回家去了。

睡不着，根本不可能睡得着。

"该怎么处理这个疯女人？"他从床上爬起来，喃喃自语。

他至今所有资历都在学校，既不可能离职，也不可能去参加公务员考试或招募考试。他将枕头猛力丢向墙壁。为什么是我要避开？为什么要为了这种事毁掉至今珍贵的资历？系里应该已经传出小道消息，也向指导教授通报了，目前却没接到任何一通电话。没有人向他询问事发经过，关于整件事的真相，所以现在是觉得与其袒护性骚扰犯，不如直接断绝往来比较省事吗？

东熙不由得笑起来。要联系交往过的那些女朋友，问问她们，我是否曾在未经同意下有过不礼貌的举动或做错任何事吗？悲凉的心情与一切只是浮云的想法同时涌现。

他坐在电脑前。反正是睡不着了，加上思绪繁杂，就连呼吸都有困难，随便看点东西吧。他这么想着，无论是电影或电视剧，总得找点能够将杂念抛诸脑后、暂时喘息的东西。他连上网后，点进"我的最爱"网站，一篇报道映入眼帘，那是一篇关于对女友施暴后处以三百万韩元罚金结案的报道。

　　"要交往就好好交往嘛，这是在干什么？"

　　他没有多想，将报道往下拉，在留言中看到事件女主角的名字。

　　"哎哟，金贞雅？"

　　不会吧？他确认了一下年龄，发现与自己同岁——真的假的？

　　他继续读起留言，上头有人叫大家别再人肉搜索了，眼下重要的是这个女生的痛苦，还附上这个女生最初上传文章的留言板网址。他点进去，忍不住笑了出来。

　　是金贞雅没错。那篇文章充满了自我怜悯与被害妄想症，说自己被毒打了一顿，确实很令人同情。但说实在的，东熙多少可以理解那个男人的心情。金贞雅是他遇过的女人中最糟糕的，完全搞不懂她在想什么，完全沉浸在自己的情绪里，对身边的人丝毫不感兴趣。后来，她大概是想交男友吧，于是开始物色起周围的男生，也莫名引起东熙的注意，两人不知怎么的开始交往，但总之结局很可笑。本以为两人度过了很美好的四个月，有一天贞雅却突然说和东熙度过的时光全是假的，自己从不曾感到幸福，哭着说要分手。

他觉得她是个疯女人。

一切都是假的？两人一起吃饭，一起去旅行，彻夜黏在一起准备考试，冬天跑到冰寒刺骨的海边，在泥滩上涂鸦玩耍的青涩时光全是谎言？当时东熙受到很大的伤害，尽管如此，他并没有发火，很干脆地放了手。后来，他看到了金贞雅望着刘贤圭学长的眼神。

东熙忍不住又笑了出来。老实说，两人交往期间，东熙一直认为金贞雅高攀不上自己。尽管他没有表露出来，但事实就是如此。金贞雅非但和漂亮挨不着边，性格也很奇怪，任何男人都不会瞧她一眼。两人的交往也莫名其妙。为了勉强维持那四个月的关系，东熙尽了全力，可是，她眼中却是刘贤圭学长。东熙当时觉得非常可笑，气得说不出话来。金贞雅究竟以为自己是什么货色啊？

"先前对你太好，现在你连自己几两重都不晓得了。"

牛牵到哪里都还是牛，金贞雅也依旧是老样子。她说男友平常虐待自己，对她恣意妄为，贬低她的存在感。是啊，也许是真的，男友在巷弄里打她、勒住她的脖子还用脚猛踢应该是事实，所以她害怕自己会有生命危险。没错，果然是真的，那剩下的呢？金贞雅口口声声说男友打她，自己对男友做了什么却只字不提。这就是金贞雅。你是受害者？觉得不幸？那也该听听加害者的说法吧？难道就不好奇我和你交往的四个月有多乏味，搞到我快发疯吗？

东熙继续看帖子，觉得其中一定另有蹊跷。东熙所认识的金贞雅，是个只会以自我为中心说故事的女人。没错，就跟金伊英是同一伙的，我竟然被同一种女人算计了两次。脑海瞬间闪过李康贤的脸，李康贤也始终用那种态度看待东熙，一副"我知道你干了什么好事"的模样，好像东熙对李康贤做过什么一样。所以究竟是什么！你们以为自己就没对我怎样吗？

果不其然。

出现了一篇公司同事写的文章，还有聊天群组的截图，谈论金贞雅在公司是什么样的人。她不仅要求加害者买名牌礼物给自己，约会时也一毛不拔。那当然啦，你真是一点都没变。

一股恶意顿时笼罩了他。他每天用心生活，对自己人竭尽全力，努力不给他们带来麻烦。倘若要说他做错什么，那错就错在他让这些"说谎精"有机可乘。受害者不是她们，而是东熙自己，他不该释放善意，让她们得以轻易栽赃他，尽情地自我怜悯。

他随便创建了一个Twitter账号：@qw1234。

金贞雅，你一定感到很委屈吧？但这就是你的真面目。你看到后一定会心跳漏一拍。

他在Twitter上写下：

"金贞雅是个说谎精。"

好像少了点什么，少了点能让她意识到自己的本质、受良心谴责的东西。东熙顿时觉得自己过去毫不放在眼里的追求学问的纯粹灵魂苏醒了。不对真相视而不见，对自己所认定的事实提出疑问，告诉大家区分真相与虚假的标准为何，正是身为学者的义务。尽管众人目前因这起事件而拿男人的暴力大做文章，但真正该留意的是在暴力背后存在着的两人的问题。一旦有人成为受害者，就不会有人考虑到加害者的立场，这就是真相吗？唯独受害者的怜悯是应当追求的权利，这就是真相吗？这个世界已然腐朽颓败，只会教导大家成为牺牲者的方法，只会大量生产无法区别真伪的人。

以为金伊英很聪明的想法是自己失算了，那个女人才是最愚蠢、最会装腔作势的小鬼。你现在一定觉得达成目的了吧，就因为你那低劣的谎言，让眼前的权威付之一炬了！然而真相必然会水落石出，无论那种谎言是否存在，世上仍有些人可以照常过下去。就在那一刻，东熙脑海中再次浮现遗忘多年的那张脸——

河宥利。

尽管各种八卦缠身，宥利依然能超然坚定地坐着，东熙当时甚至对宥利产生了些微敬意。怎么有人能无止境地轻易相信别人呢？她能独自承受那些伤害吗？真是个可怜的女人。东熙不曾和河宥利交往，但视线总不自觉往她身上飘去。最轻蔑她的人是谁？就是那些女生，义正词严地说自己和河宥利有多么不同，她们一定很引以为傲吧。你们才是最狠毒的恶魔，全都是一伙的。

东熙接着写下："金贞雅是个说谎精，宛如吸尘器的女人。——@qw1234"

他关掉电脑，躺回床上，感到轻松又自在，仿佛体内的愤怒全都倾倒而出，理性慢慢恢复，重新开始掌控大局。指导教授至今没有联系，他是个公正不阿的人，其他问题说不准，但在这种事上算是临危不乱的类型。东熙过去所奉献的忠诚根本无足轻重，当然，他也可能袒护东熙，但这样就必须承担太多后果，毕竟名誉受损的问题更严重。东熙快速转动脑筋，假如让他必须承受污名，也不得不伸出援手吧。这就必须得提供一些好处，让他有值得承担的价值才行。那么状况可就不一样了，就像李康贤。

没错，必须像李康贤一样。东熙心想，他必须成为学校中的"人物"，那他就需要有人帮忙。果然，一切答案均指向李康贤。

尽管现在李康贤佯装不知情，好像自己多么清廉正直，但她绝对无法抛弃东熙。既然要一身狼狈地离开学校，他决定丢出最后一张牌，抛出多少炸弹都在所不惜。

是啊，李康贤，去找她吧。就像起初去她的研究室谈判一样。

是啊，李康贤，你已和我搭上同一条船，不能就这样不了了之。

明天一到研究室，我就会说出来，将至今代替老师翻译的所有工作清单全数公开。

想到那张傲慢无比的脸出现惊慌失措的神色，东熙不由得露出笑容，同时也安心地吐了口气。现在总算能安心睡一觉了，他躺着闭上了眼睛，彻底忘了 Twitter 上关于可笑真相的事，就像过往对待微不足道的小事般忘得一干二净。

贞雅

"欢迎光临。"

咖啡厅的大门开启，进去后随即看到杨秀珍坐在收银台后。她原以为我是客人，从容不迫地问候，但一发现是我，表情随即变得僵硬。我们近十年没见了，她静静凝视着我，在我开口前就率先用指尖指向我后方。转头一看，发现那儿有空位。虽然她倨傲的态度很碍眼，但我什么话都没说，走到位子上坐了下来。

现在还是早上，但整间店也太冷清了吧，生意不太好吗？心态扭曲的想法悄悄浮现。

昨天挂了电话后，我随即前往高速巴士站买了前往安镇的深夜车票。丹娥来接我时好像一点也不惊讶。我整夜没合眼，天一亮就去了咖啡厅。不知是因为彻夜未眠，还是起床后大口灌下了即溶咖啡，来这里的路上心脏跳得很快，还能听见"扑通、扑通"的心跳声。

等了约莫一分钟，杨秀珍就来到我面前坐下。

"你要喝什么？"她问。

我摇摇头，秀珍坐在我面前，用一副没做错任何事的样子直勾勾看着我。我没有回避她的眼神。就在我拣选用词、思索该从何处说起时，秀珍突然率先开口发动攻击。

"你来这里干吗？"

"什么？"

"你跑来安镇做什么？"

我皱了皱眉。无论是过去或现在，这女人都很有贬低别人的本事。还以为她结了婚、年过三十应该会有所改变，但完全不是这样。也对，要是她洗心革面，就不会在网络上写那种帖子。我正视着杨秀珍，既然她都这么不客气了，我也没必要以礼相待。

"你为什么写那些？"

"什么？"杨秀珍皱起眉头反问。

我把准备好的台词全部搬出来，包括 Twitter、@qw1234。

"我知道那是你写的，我还可以告你，这是涉嫌妨害名誉。你一直都不把它当回事，大概以为这不构成问题，但我可以起诉。"

秀珍依然盯着我，一副不晓得我在说什么的表情，似乎也带有觉得我很窝囊的意味。一想到秀珍根本不认为事态严重，我不由得怒火中烧，说话速度也逐渐加快，不仅说出了我的事，也接二连三提起秀珍在学生时代随便诋毁的那些人。我越讲越气愤，感到脸颊发烫。

"你从来都没想过你对其他人做了什么吧？"

秀珍没有回答。

我的嗓音甚至开始有些颤抖："你不该这样对待别人，你也没什么了不起的，却这样侮辱、嘲笑其他人。"

这时，杨秀珍打断了我："你究竟为什么来这里？"

那副嘴脸跟以前一模一样。每次秀珍随意批评人后，总装出一副没讲过那种话的样子，假装自己很贴心、心思很细腻，却持续残忍地将其他人推向悬崖。这次也一样，我很确定是秀珍写了那段话。

我忍不住提高音量："那天打电话来，是打算好好和你对话，你却完全不听我说，随口就丢出一句羞辱人的话。"我越讲越愤慨，"对，我没有做错什么，我很理直气壮，有正当理由可以告你，也打算这么做。你没有资格侮辱我，知道我有多认真想和你理性沟通吗？"

"你知道经过这次事件，我领悟到什么吗？就是任何人都无权随便对待我。先冷眼旁观，再随便插几句嘴，你心情很好吧？觉得自己好像成了什么大人物。但这就是在把别人掉落地面的自尊捡来吃罢了。还有宥利，"我稍微调整了一下呼吸，"你怎能……怎能这样对待已逝的人？"

我再也说不下去了。你不是很能体会她的心情吗？这句话涌上喉头。你不也明白被大家孤立、孤单无助的心情吗？眼眶顿时一阵温热，好像随即就会痛哭失声。但很奇怪，我并不感到丢人，不晓得为什么，只要面对秀珍，我就会表露出就连在丹娥面前也没有的坦率，是因为觉得她和我同样记得八贤村的气味与橙黄的田野，在向晚时分被染红那一刻的风景吗？

我忍不住说出了心里话："你不也是个女人吗？"

然而，秀珍依旧一脸不耐烦，仿佛我在无理取闹般，露出厌恶的神色。我为自己很真挚地流下眼泪感到尴尬。

秀珍轻轻吐出一口气，直视我，沉着冷静地说："你确实是'说谎精'啊。"

好丢脸，我竟然在这种人面前落泪，竟然在这种丝毫不把对方的真心放在眼里的人面前回忆故乡，变得多愁善感。我试着平复心情，再也不想在她面前沉浸在莫名其妙的情绪中。

我尽可能冰冷地说："那么，我只能诉诸法律途径了。"

听到我这么说，秀珍不禁失笑。

"好啊，请便。"秀珍一副懒得理我的样子，"你真的一点都没变，真是恶心死了！"

没理由继续待在这里了。是啊，我会好好反击的。我拿起包。

此时，秀珍接着说："那我也问一句吧。"

我抬起头。

"那年冬天，你真的看到我老公了吗？"

"什么？"

"少装蒜了，我知道又是你在造谣。"

我皱起眉头。她在说什么啊？我正想反驳，脑海突然浮现过去的记忆。

二十一岁那年的冬天，十二月八日，从烤肉店那条巷子落荒而逃的那天。

我遇见了河宥利。

*

"贞雅！"

我在电线杆前转身，看见宥利喊着我，从旁边的巷子跳出来。

"贞雅，你来啦！我不知道你何时会来，所以一直在那边等。"

"哦，嘿！"

我有点惊慌失措，原本打算静悄悄离开，偏偏在这里碰上她。我一直都觉得宥利很烦，自从在新生欢迎会上讲过一次话后，宥利就到处对别人说跟我很熟，但我从来都没有认为自己和宥利是朋友。我打算随便敷衍她一下就回家，快速迈开步伐，宥利却跟了上来。

"贞雅，你不进去吗？"

我假装没听到，但宥利仍不死心地跟着我。我说家里有事，必须回去，宥利显得很失望。

"为什么要等我？"我不该多嘴的，却不由自主地脱口而出。

宥利像在背剧本般说出准备多时的台词。

"嗯，因为我有话要对你说。"她压低音量，走到我身旁说起悄悄话，"那个，你可以帮我个忙吗？"

耳畔沾上了宥利潮湿温热的气息，我忍不住歇斯底里地揉了揉耳朵。好烦，被人发现我来过这里的事也令人烦躁，更讨厌那个人是宥利。为什么偏偏和她站在一起？为什么不是贤圭学长或其他人？

就在宥利打算再次开口时，我率先发问："要帮你什么？"

宥利很严肃地看着我，好像在演什么戏似的，让人看了就讨厌。我叹了口气，太可怕了，我为什么要和她说话？我心里盘算着，无论她回答什么，我都要说"我要回家了"。

"宥利！"

巷子后方有人在呼唤宥利，是男生的声音。宥利吓得转过头。那声音听起来很耳熟，所以我也忍不住竖耳细听，但没有再听到声音了。宥利犹豫不决地看着后面，路灯映照出某个男人模糊的影子。那个人好像蛮高的。宥利轮番看着男人和我，变得结结巴巴起来。她的眼神透露出想去找那个男人，那种"现在我不需要你了"的态度让我怒火中烧。现在意思是说男人出现了，所以没我的事了吗？到头来，我最后碰见的人是你，还有你无数个男人之中的一个。我很想朝宥利发火，但还是忍住了，转身往前迈出步伐。

"贞雅！"

宥利又喊了一声，但我没有回头。我再也不会回到这个地方。呼唤我的声音持续在巷子里回荡。

回来的路上接到了班长的电话，自然不是以什么热络的语气，而是因为我缺席了大家都应该到场的聚会，似乎必须跟我联络一下的那种官方口吻。我觉得耳边响起了那位同学竭力想隐藏的幌子——我们可没有排挤你，是你自己误会了，你看，我们告知了聚会的事，现在还特地打电话来。

她问我会不会参加今天的聚会，听我回答不会，于是略带嘲讽地说："是哦，宥利说她刚才遇到你啦。"

我一句话也没说，眉头瞬间锁得紧紧的。我这才明白，她打电话来当然不是为了叫我过去，是为了确认我先前在附近的事实。一定是想闲言闲语，说我跟在你们屁股后面跑吧。我随口胡诌说是很早之前碰到的，不是刚才，同时转移话题——就是平时大多假装很嫌弃，实际上却充满八卦心态的那种话题。我说，宥利好像又有新男人了。

"又不是一天两天的事了。"果然如我所料，班长不感兴趣般回了一句，又忍不住想继续谈宥利男友的事，"这次又是谁？我们系里的吗？"

"不知道，不过，那个男的个子很高。"

我心想，搞不好大家会怀疑是贤圭学长，同时又想，不希望再次给学长造成麻烦，但我没有修正说法。反正接下来就不关我的事了，这个地方还有一些人从一开始就与我无关，我会离开，而且再也不会回来。我想起杨秀珍，忍不住笑了。难道这次你打算跑到首尔来向我兴师问罪吗？好啊，随你的便。

我只说了"个子很高"而已。

几天后，宥利死了。

＊

"多亏了你，大家都在传我老公和河宥利是那种关系，你知道吧？"

"不，我不……"

我无话可说。说真的，我不是不知情，因为我还心想该不会真的传出那种八卦，试着探听了一下。我觉得大家很可笑，当时个子高的男生不是只有贤圭学长和东熙，新生和当完兵的预备役学长里也都有高个子。若是把整个人文学院都算在内，加起来应该超过十个，大家却只挑贤圭学长讲，我感到很荒谬。

但我很快就将这件事抛到脑后。我和安镇大学从此再无瓜葛，而且其实我更好奇杨秀珍和刘贤圭会否因这件事分手。我顿时失去兴致，虽无法斩钉截铁地说忘了这件事，但确实也不曾把它放在心上就是了。就和把别人家前面的包裹偷偷拿来拆开，把东西弄坏一样，之后我做的就是再次将物品放入箱子，重新封好，放回原位。就好像什么事也没发生过，好像我全豁出去了一样。秀珍至今还对这件事耿耿于怀吗，所以才在网络上说我是"说谎精"？

秀珍态度冰冷地说："你不是很会造假吗？没看到却谎称

看到，不知情却装作很懂。"

虽然我感觉很丢脸、羞耻，但仍认为应该准确反击。我的原意不是如此，这次真的要讲个清楚。

就在此时，秀珍说："Twitter 上那个帖子，不是我写的。"接着站起来，一副"我跟你无话可说了"的样子。

找上门的是我，秀珍却自顾自地讲完就拍拍屁股走了，把我一个人丢在那里，大摇大摆地走回收银台。

我咬紧牙关，走向秀珍："我可以要求警察进行调查。"

秀珍冷冰冰地回嘴："尽管调查啊，反正我没写。"

我站着一动也不动，心情好奇怪。来兴师问罪的人是我，最后却成了做错事的人。

我不想就此撤退，于是问："那么，就因为那个八卦，所以叫我'疯女人'吗？"

秀珍没有回答。

我不能理解，也无法接受："那你可以直接问啊，当时为什么不跑来理论？"

好幼稚，倘若这一切真是因当时的事而起，就真的太幼稚了。把我所承受的一切看在眼里，也可以体会我是什么心情，竟还这样对我？秀珍看着我，微微露出冷笑，仿佛我问了一个非常可笑的问题。

人是绝对不会改变的，就像狗改不了吃屎。

"好，"秀珍的语气坚定得像在下结论，"我没有发表那个帖子，而你的话是被大家以讹传讹，这样行了吧？这件事到此为止，还有——"

秀珍稍做停顿，让人不寒而栗。

不是只有你觉得我恶心，我对你也有同感！

她说："我不是女人，所以你可以滚了吗？"

*

走出秀珍的咖啡厅后，我独自走了许久，最后随便进了一家小吃店，独自吃着午餐，屈辱感令我反胃作呕。我跑到外头，压抑住胃部翻搅的感觉，继续走着，等我回过神来，人已在安镇大学的校园外。

好熟悉的道路。

走进正门，两侧是一字排开的樱花树。樱花是安镇大学的象征，每到樱花盛开的春天，安镇的居民就会来学校散步赏花。但绝佳美景到夜晚才正式展现身姿。当樱花树间的路灯打在纯白的花瓣上，夜空就会有透明光痕浮现。晚风吹拂，花瓣散落在头上，缓缓飘落在地面。虽然现在是严冬，和春天的气氛大不相同，但仍别具韵味。

我颤抖着踏出步伐，分不清是因为寒冷抑或是心情不快所致。我没有四处徘徊，继续埋头向前。不知不觉中，正门已经离我很远。从这里走五步，沿着出现的第一个转弯前进，就会看到通往人文学院的小路。

我边走边暗自数起步伐：一、二、三、四、五……

果然，树木不见了踪影，一条小径冒了出来。刚入学时，我觉得这条路很像通往童话中经常出现的洞穴，是到另一个世界的狭长通道。未满二十岁前，安镇大学之于我，是个夜晚有樱花灿烂绽放的地方。进入学校后，我才发现樱花的那一端存在着另一个世界，我必须前往，并且非得待在那个地方不可。我像爬进洞穴般，在樱花树下悄声无息地走进那个世界。

我停下脚步，人文学院的建筑出现在眼前，年轻学生们穿梭其间，整栋建筑散发出酒香般的微酸，感觉就像漫步在记忆之中。我仿佛受到蛊惑般继续朝人文学院走去，建筑后方果然也种满樱花树，人文学院与后门相连的小运动场就在那里，而后门对面就是学生套房出租区。套房出租区比学校宿舍更靠近人文学院，有时到了教室还可以遇到刚刚才洗好头出门的同学，住在宿舍的我总是很羡慕在外租房的同学。金东熙就住在那里，河宥利也是，杨秀珍则在大一学期末从宿舍搬到套房区。他们都住在同一区。

当我沉浸在不知是否该称为回忆的往事里时，手机突然出现消息通知。我打开手机画面，但随即就关掉。是李镇燮。

今天真是各种事都碰上了啊，真够闷的。虽然很想直接回去，却无处可回，离丹娥下班还早得很。虽然她事先告知了大门密码，但我不想回到空无一人的屋子里。我环视四周，心想李镇燮该不会尾随我来到这里吧？我留意着周围动静，走到人文学院前，打算绕着小运动场走一圈，平复一下心情再离开学校，就在这一刻，贴在人文学院前的大字报映入眼帘。

我不禁张大嘴巴。

　　我要检举英文系讲师金东熙。去年十二月十六日，他在饭局上对我进行性骚扰，触摸我贴身衣服的肩带。虽然有四位同学在场，但金东熙讲师趁大家兴高采烈在唱歌、无暇顾及其他时偷偷行动，所以没有人发现。我试着挣脱并避开金东熙讲师，但他反而更露骨地伸出狼爪，不停抚摸我的背部。

　　我向学校的两性平等咨商中心检举，咨商中心表示，我可以选择正式或非正式的处理程序，也可以要求对加害者进行惩戒。非正式程序指的是由咨商中心介入，与他私下和解；正式程序则是成立真相调查委员会进行调查。我首先要求解雇金东熙讲师，虽然想采取正式程序，但学校也担心我的私事会流传出去，因此在这个过程中，咨商中心建议我选择非正式程序。

　　金东熙讲师希望私下和解，我最终也接受了非正式的处理方式。我与金东熙讲师的陈述大相径庭，加上没有任何目击证人和证物，即便成立真相调查委员会进行调查，似乎也无法让学校开除金东熙讲师。结果，学校惩戒金东熙讲师停课一学期。虽然触摸背部的行为被视为性骚扰，但依其强度和部位并未构成解雇的绝对性条件，而且也没有证据和目击证人。

我很好奇，我所感受到的羞辱是否能依据客观标准而获得绝对性的评断，但我认为金东熙讲师被停课一学期，也算得到某种程度的处罚，我决定接受这个结果。后来却得知下学期，金东熙讲师将在工学院和自然科学院开设人文相关课程，同时据悉，金东熙讲师在学校研究所计划中担任要职，也继续进行校外活动。

我向中心提出抗议，得到的回复却是：学校已停止金东熙讲师的人文学院课程，以避免和受害者有交集，这样的处理方式非常合理。我希望能够让各位同学知道这件事并检举，但已经结案的事件无法二次检举。

金东熙讲师曾是我很尊敬的一位老师。我曾以为可以保护我、为我指引方向的人对我造成了无法磨灭的伤害，但学校的咨商中心却形同虚设，丝毫不考虑受害者的要求与立场。因此，我希望向各位同学求助，请助我一臂之力，让真相调查委员会得以顺利成立，彻查上学期的事件。

　　　　　　　　　　　　欧亚文化内容系　金伊英敬上

东熙那张遗忘多年的脸孔闪过我的脑海。和他交往的四个月，我一直感到很不舒服。那不是真正的恋爱，就算是第一次交往、对恋爱一无所知的我，这点事还是知道的——东熙和我的关系绝对不是恋爱。突然，脑中快速浮现李镇燮的脸，说到这里，我好像明白了，为何起初见到李镇燮时会觉得眼熟。

之前以为是贤圭学长的关系，但仔细想想才发现好像是因为东熙。心中浮现这想法，不禁觉得毛骨悚然。

两个男人从里面走出来，一口气撕掉大字报。我吓得往后退，其中一个男人注意到我。

"我们是行政组派来的，因为张贴海报未经许可，我们也无可奈何。"

另一个男人朝他投射"你很多嘴"的指责眼神。他们将撕破的大字报当成垃圾般揉烂，带进人文学院。金伊英写的文字就这样不留痕迹地消失了。

感觉好像在做梦。我走进人文学院，建筑物陈年的灰尘味扑鼻而来。金东熙，你过得也不怎么样嘛。我偷偷环顾一下四周，担心会在这里碰见金东熙。

我一点也不想见到他。

在我的人生中，那个男人什么都不是。

我加快脚步，一走到外头就看见小运动场。一群男学生在踢足球，樱花树围绕着小运动场，下方则有三三两两的长椅。一来到这里，有关金东熙的记忆就变得更清晰了。我们两个"约会"时经常坐在这张长椅上。当然，独自一人的时候也不少。

那时我遇见了好多人，同学、学长、没课时打发时间的人文学院学生、像我和东熙一样在约会的情侣、大白天就相约去喝酒的社团朋友，还有宥利。我紧紧闭上眼睛，然后张开，河宥利的身影犹如照片般清晰。

宥利总是孤零零地坐在那个地方。

我再眨了一次眼睛，看到远处有一个女同学在贴大字报。她将棒球帽压得很低，身穿连帽外套和复古军装大衣。那个学生是金伊英吗？我目不转睛地看着她。她看起来很痛苦，路上人来人往，却没人瞧她一眼。

那是一场车祸。当时宥利好像正要去学校，因为她是在学校正门的对面遇上车祸，似乎是要去交创作课的作业。那天是十二月十五日，已经过了交作业的最后期限许久，她大概打算亲自去学校交，并向教授求情。

这是最后一个和宥利互传消息的同学说的。她说觉得很烦，因为宥利一大早就一直发消息问作业迟交怎么办，于是她要宥利亲自去交，说完后就没有再拿起手机。我是经由好几个人转述才知道这件事的。

说实在的，宥利对那项作业的态度很怪异。那是老师要求大家自由抒发自己想法的作业，下学期开学时就接到了通知，后来宥利整个学期时不时就向同学哀号这件事。我也曾经收到那种消息：

"我没有头绪，好难，我写不下去，写这种东西太累了，真的好累。你写这种作业时都没感觉吗？你觉得自己是什么样的人？我又是什么样的人？看起来怎么样？我想成为什么？想成为什么样的人呢……不对，我是不是已经变成了某种人，绝对不想成为的那种人？"

同学们都要宥利别太多虑，假装安抚她会做得很好，却聚在群聊里说宥利的坏话。

疯女人，又嚷嚷着要别人关注她了，真是怪得可以，快被她烦死了！欸，稍微应付她一下就好了，免得她每天都发消息约吃饭。大家一坐下就会说起这个话题，所以不可能不知道。我也收过宥利的消息，但一次也没回。

车主撞了宥利后肇事逃逸。在此之前，我不曾碰到过身边有人过世的情况，虽然接连举办了祖父母的葬礼，但那和突如其来的死亡截然不同，而是比较接近悄悄地离开世上，和宥利不一样。

切身感受死亡这件事，对于二十一岁的人来说毕竟太年轻了，至少对我而言是如此，尤其几个月前还发生过宥利闹自杀的骚动，因此受到的冲击更大。加上我认为宥利是刻意想引起大家注意才做出那种事，觉得她怪异又幼稚，也因此，那天我在烤肉店前才会表现得更加冷淡。后来听说宥利意外身亡，我稍微认真思索起她的内心。我想起了在巷子里呼唤我的那个声音。她，是不是真的发生了什么事？

虽然自杀是虚惊一场，被大家嘲笑成闹剧，但其实那件事闹得蛮大的，甚至还上了报纸。宥利加入了自杀社团，成员约好去汽车旅馆自杀，包含宥利在内，集合的人有五个。根据报道，当天无人死亡。

我听丹娥说，主导社团的人是现今安镇教堂合唱团的伴奏者。他回忆当年，称那是一段装模作样的彷徨时期，大家崇拜死亡，对世界嗤之以鼻，更认为自己有权随意处置身体，而宥利加入了那个社团。那是她死前四个月发生的事。我突然想，该不会车祸的真相是自杀？反正她已抱有一死了之的念头，所以就……

听说丧事办得很简朴。宥利举目无亲，没有人可以守灵，所以只办了简单仪式。虽然有一名远亲前来吊唁，但在遗体火化后就打道回府了，没有人知道宥利被葬在何处。听丹娥说，贤圭学长全程帮忙，听到房东要把房间的物品全拿去卖掉，还带着学弟们去打扫没有主人的房间，帮忙整理遗物。全是学长一手打理的。

宥利在那项作业里写了什么？

我边走边回想着当年的事，不知不觉来到套房区，和东熙交往时我经常来这一带。东熙住的房子很好找，先找到超市的招牌，沿着那条路走上去，接着找到漏水检查的标志，在那里左转后走两个路口，就会看到一幢多户住宅，那里的半地下室就是东熙的房间。宥利就住在斜对角新盖公寓五楼的套房，我曾几次看到她拿垃圾出来丢和从市场回来的身影。

我站在曾经是宥利房间的建筑前，它要比十一年前老旧，但周边景色与大门和当年一模一样。就在我隐约觉得自己好像再次回到了二十一岁时，内心冷不防冒出一个疑问：

贤圭学长为什么要打扫宥利的房间？

其实我一直很挂心这件事。当然，这很像学长会有的举动，因为他是个很体贴又会观察他人的人。可是，为什么要替平时漠不关心的人清理房间？如果是学长，倒也不无可能，依他的性格，可能会认为自己没有照顾到学妹而心生愧疚。当时我觉得没什么大不了的，因为还没听说他和宥利的传闻，现在倒觉得无法理解，为何他要替被传与之有不寻常关系的人清理房子？

脑海浮现出秀珍的脸。也许难听的流言是因我而起，但都过这么久了，她有必要还为此动怒，把我看成疯女人吗？

难道有什么放不下的事？

我吞了吞口水。该不会是有什么她想极力隐瞒、绝对不想被人知道的事突然被传了出去，她才大发雷霆，甚至记恨到现在吧？

所以，两人会不会真的是那种关系，才帮忙打扫宥利的房子？

各种猜想在脑中疾走。

绝对不会做那种事的人，没人认为会做出那种事的人，任何人都不会起疑的人。

如今我不再相信被众人赞誉有加的人了。李镇燮就是那种得到所有人信赖、大家赞不绝口的男人。就像没人知晓我在那一年之中经历了什么，世界上也必然存在着能完美欺骗他人的人。李镇燮是个不折不扣的大骗子，为了在大家面前展现美好的形象，成为众人欣羡的对象而将自己塑造成富二代、受宠爱的儿子、疼爱妹妹的哥哥和温柔的男友。而我，也欺骗了大家。

假装男友很爱我，假装我能谅解一切。

*

我记得他第一次打我的日子。

那天，我们大白天就喝起酒。也许是酒劲使然，他说了许多关于自己的事。他在和八贤一样冷清的乡下长大，对于自己的出身并不满意，原因就在于他的家人。他很讨厌"长男"这个身份，对于自己必须扛起一家子的责任感到愤愤不平。那一天，我才知道原来他几乎是白手起家，因为他在同事面前不是这么说的，我有些吃惊。在大家面前，他总说自己备受父母关爱，和妹妹们手足情深，那天听到的却截然相反。根据他的说法，他从大学至今都没有接受父母的资助，但他认为家人非常善待自己。

"当然还是多少接受了帮助，但我也说不上来。"

大概就是比妹妹们多吃了一点肉，高中时只有他上补习班，也只有他就读首尔的私立大学等。当然，家里多少是提供了后盾，但在大学时期，他拿了四年奖学金，也靠打工赚取生活费，补习是在附近的小型补习班；妹妹们结婚时，嫁妆是他贷款张罗的；找到工作后，他每个月都会寄零用钱给父母。妹妹们却老是嘀咕，只有哥哥享尽好处，应该要好好孝顺父母。

"听到她们这样讲，我就想像小时候那样各揍她们一拳。"他从冰箱里拿出啤酒，"小时候真好啊，那时候就算打她们，也没人会说什么。"

那时他好像已经喝醉了，我觉得他别再说自己的事会比较好，于是开始说起我家的状况。

两边的祖父母过世后，家族成员就大幅缩水，亲戚就只有一位大伯和两位阿姨。大伯移民美国，两位阿姨则住在其他地区，很难碰上一面。每逢佳节，阿姨们必须到婆家拜访，也没办法回八贤。不知从何时开始，父母在过节时一切从简。也许是自小家里务农，他们不喜欢兴师动众的家族活动，所以我们都过得很简朴。

每当我这样讲，大家就会很诧异，但我并不觉得乡下人就必须遵守传统，全家人的喜好更重要。父母一辈子为工作和债务操劳，碰到大家很少光顾超市的年假，一定很想好好休息一下，所以我们家不会花很多时间准备年节食物。而且妈妈很讨厌我进厨房，我从来不曾帮忙料理食物。妈妈说，反正婚后要辛苦一辈子，没有必要这么早就开始做，总是拒绝让我插手帮忙。有一次我实在看不下去，于是提议让我去一趟市场，帮忙煎个煎饼，结果妈妈回答："好吧，今年的煎饼就在市场买现成的吧。"祭祖的食物也一样。

"所以我从来都没有帮过忙。"我说。

"是吗？"他的表情瞬间扭曲，"我就知道。"

听到他的口气，我感到很慌张，好像被人指责了。我呆呆地望着他，不晓得该如何回答，结果他突然用手背"啪、啪"甩了我的脸颊两下。那不是轻轻抚摸，是带有力道的，脸颊顿时灼热抽痛。

呃，他是在开玩笑吗？

好混乱，脑中也毫无头绪。我不明白为什么必须听他说这种话。我没有在逢年过节时帮忙料理食物，是我们家自然形成的习惯，但我当然做过洗碗、洗衣服和打扫等家务活，只不过妈妈特别讨厌我料理食物才没做，他却说得好像我在家游手好闲，什么都不做。但我没有反驳他，总之这也不是什么值得夸耀的事。我做错什么了吗？就算妈妈再怎么拒绝，我也该坚持帮忙吗？是我太白痴，忽略了自己应尽的义务吗？脸颊依旧抽痛着。话说回来，眼下这是什么情况？他刚刚是打了我吗？或者只是不小心太用力？我不禁想着。

啊，他喝醉了。

没错，人喝醉时难免会失误。

他看着我，表情逐渐变僵硬，露出微笑，接着再次打了我的脸颊。

"啪！"

"啪！"

"啪！"

我一把抓住他的手。

"别这样。"

他笑出声来："哎呀，开玩笑而已，我不能开个玩笑吗？"

我放下他的手。他摸摸我的头，我对于向他发火感到有些丢脸。他再次说起家里的事。逢年过节时，他都要一手包办家里的大小事，从准备祭祀到招呼亲戚，从准备食物到整理墓园，都是他做的。别人家有媳妇，但他只身一人，没有帮手，但也不可能全交给年迈的母亲做，只能无可奈何地扛起重任。

父亲一辈子都不曾帮过忙，看到他进厨房，反倒还咂舌说："堂堂男子汉，这是在干什么？"

妹妹们则推托说回到娘家就不想做事，一双筷子也不肯拿。

他又说："真的好想揍人。"

我随口反问："揍你爸吗？"

他顿时皱起了脸："你在说什么？我看起来像是那种人吗？我说的是两个妹妹。"

"哦。"我不知该如何回答，只能尴尬地笑。

"想打她们很正常吧？"他看着我说。

我思索着该怎么回答，接着喃喃自语："也不一定，毕竟也有男生会做菜。"

瞬间，周围的空气变得很沉重。我抬起头，发现他怒不可遏地盯着我。

我连忙辩解："不是啦，我是说，在你们家，男生也会做事。"

那一刻，耳边响起"啪"的一声，我反射性地用手捂住脸。

"男生也会做事？"他的语气变得十分激动，"在家游手好闲，觉得很骄傲吗？认为父母很体贴自己吧？少一厢情愿了，他们不是出于体贴，只是不想唠叨你罢了。"

他推了下我的肩膀，我瞬间从椅子上摔到地上，捂住自己的脸，不敢看他。

"'男生也会做事'？说这种话不觉得惭愧吗？"

很惭愧。

两颊火辣辣的，比起饱受惊吓而不停狂跳的心，我对于自己说出"男生也会"这句话更加惭愧到无地自容。我想起小学时，有个男生说女生要穿裙子才漂亮，我为讨他欢心而穿上了裙子。

就读安镇大学时，我去听一位鼎鼎大名的译者演讲，参加了后续的聚会。译者是个男的，现场的女同学比男同学多上几倍。译者聊起大学时期的前女友，说和那个女生交往时女生到处勾引男人，老是让他提心吊胆，但等到他知名度大开后，前女友却主动跟他联系。

"见到她后，我实在太失望了，又老又丑。"他扫视在座的女同学说，"你们要好好保养。"

我笑了。我在那个场合笑了！因为不想成为破坏气氛的人，因为想让别人觉得我是可以大方接受那种玩笑、随和好相处的女生！

在首尔大学最后一个学期，一位老教授对我们，也是针对女同学说："就是因为你们坐在这里，人口才会减少！快点去结婚生子！"

几个女同学大为光火，在学校发起检举老教授的联署活动。我没有联署，因为那个学期就要毕业了，我不想因为"这种事"被连累。女生只有碰到对自己不利的情况时才会宣称是性别歧视。以前有个女同事在公司控诉主管性骚扰，我也同样坐视不管，因为不干我的事，因为其他的事更重要，我不想为了微不足道的小事，被当成搞砸公司气氛的女人。

我自己都这副德行了，就凭我这种人？

我好惭愧。

"男生也会做事？"我为什么要说这种话？这年头还分什么男生、女生，我口口声声说讨厌听到别人说"女人家"怎样，但我的口中竟然说出"男生也会做事"这种话。不对，我从不曾针对性别积极表示过什么，为什么会讲出"男生也会做事"这种？是我提供他只能动手打人的肇因，是我不对，明知他的苦衷，竟还说出这种话，我根本没资格说三道四。

但他对我施暴是事实。我趁他去洗手间时带上个人物品走了，连续三天没有接他的电话。他每天都发道歉短信和语音消息给我，说自己没有控制好情绪，才会一时冲动做出这种事，并向我保证不会再有下一次。

"对不起，我不该对你发火。"

他说，父母事业失败，他正在偿还欠下的债务。

"你就不能稍微站在我的立场上想吗？当然，我没有把自己的情况充分解释清楚，这是我不对，可是我扛起了一切责任，只因为我是家中的长男。父母还健在这件事本身就已经带给我莫大压力，这种念头让我感到罪恶深重。可是你却说'男生也会做事'，听到这话时，我好像瞬间理智断线了。对不起，真的很对不起，我也吓到了，我也不敢相信。这不是我，你也知道的啊，我是个温柔的人，你就不能唤醒我内心的温柔吗？"

到了第四天，他跑来我家，当场跪在我面前。他虽然个子将近一米九，但在我面前屈膝跪下后，看起来格外矮小。看到他为了求我原谅而不惜下跪，我心软了。总是理直气壮、自信满满的人，受众人欣羡于一身的人，现在只想祈求我的原谅。

我也明白，他动手打我，不是理解就能了结的问题，但我仍试着理解，因为我必须先说服自己接受这件事，因为我不想承认自己是被男人毒打的女人，所以我用"真心"接受了一切，接受了他也被我伤害的说辞、接受了他的人生过得很辛苦的说辞、接受了他真心感到抱歉的说辞，还接受了真的很爱我的说辞。

我爱你。

真的很爱你。

也就是说，伤我最深的终究是我自己。

人可以轻易欺骗任何人，换成贤圭学长就会有所不同吗？他果真是我记忆中的那种人吗？

就在此时，大门开了，有位大婶边打电话边走出来。

"啊，我过去办理不动产吧……"她朝手机说。

我随即认出了她。她是出租套房的房东，以前经过这里时曾见过。这里是小套房区，学生会到处搬来搬去，有几个和善的房东就在学生之间广为人知。像我这种住在宿舍，满心渴望可以自己住的学生，记得就更清楚了。这个大婶也老了好多，但这只是我的感觉，不确定她是不是当年的房东。就在这时候，大婶察觉我的视线，瞥了我一眼，我也快速走向大婶。好，事已至此，干脆就大胆问一下吧。

"阿姨！"

听我一喊，她转过了头。

"阿姨，您知道河宥利吧？以前她住在最上面那层。"

阿姨用狐疑的眼神看着我，缓缓回答："哦……那个死掉的小姐，干吗突然问这个？"

果然没错，她还记得宥利。我赶紧切入正题。

"我是宥利的大学同学。"

她叹口气，一脸不耐烦："唉，哪来这么多大学同学啊？"

"什么？"我忍不住反问。

"干吗？小姐，你也要写小说吗？"

我一时语塞，搞不懂这是在说什么。

"动不动就有人跑来，说要写小说或报道。小姐，你是写什么的？写小说，还是报道？"房东阿姨说。

我摇摇头。

房东摇了摇手："关于河同学的事，我没什么可说的。"

我着急地问："阿姨，当时不是有一个男生来打扫吗？他的身高很高，您还记得吗？就是当初退租时，不是有几个男生跑来清理房间和整理物品吗？"

"哦，那个，怎么了？"

"您还记得一起来的朋友吗？大约有三个男同学。不知您是否还记得他们清掉了什么？"

房东直勾勾地看着我问："这是什么意思？为什么要问这个？"

"那个……"我吞了吞口水。

"你走吧，不可以这样到处挖去世的人的事。如果要写小说，就靠自己的想象力吧。"

我一把抓住转身的房东："因为有人误会了我。拜托您了，有没有办法知道谁来过呢？"

房东摆出"这是什么意思"的表情看着我。

"因为有人说我撒谎。"我回答。

"撒什么谎？"

"大家怀疑我和那个学长一起清理宥利的房间，可是我没有。我现在联络不上那位学长，却有人谣传我偷了东西……"我一面含糊其词，一面望着房东，就像真的说谎般红了脸。

房东皱了皱眉，好像还是很存疑。谎话既然已经说出口，我决定再多讲一个。是啊，我说的谎就连我自己都深信不疑了，更何况是别人。

"事情闹得越来越大了，要是无法解开误会，我打算去向警察求助。"

"就这点事，何必找什么警察……"房东的表情变得很难看，咂着舌，"嗯，看来大家误会了那个女同学和小姐你呢。"

房东继续说了下去，我则静静听着。

"当时来的不是三个，而是两个，那个男同学还有河同学的朋友。"

"宥利的朋友？"

"对啊，经常来拜访河小姐的那个女同学，是她拜托男朋友整理河同学的遗物，两人一起来的。我心想，两人本来关系就很好，应该可以交给她整理，就让他们进去了。河同学不是没有家人吗？不过，别人说你偷了什么？重要的物品都被那个小姐拿走了，她说会寄给河同学的亲戚。"

房东大概觉得事情如果没处理好，自己可能会招来误会，

所以越讲越冗长。八成是因为我提到了"警察"这个词,她一副绝对不想和麻烦事扯上关系的样子,斩钉截铁地继续说:

"我记得很清楚,是河同学的朋友没错。以前河同学还亲自向我介绍,两人是超级好朋友,就算自己不在时朋友跑来也别感到奇怪。哎哟,真受不了。总之那个同学真的很怪,来签约那天,她巨细无遗地说起自己是孤儿的身世,后来还跑来闹说朋友要跟自己住一段时间。河同学真是让我吃尽了苦头,像现在你跑来追问也让我压力很大。总之,那位小姐是河同学的朋友没错,她在那个房间里窝了好几天,不是只有一天。河同学每次看到我,都会嘱咐我别跟她朋友说什么,所以我才记得,也才会让那位小姐进去。就算人死了,我也不会随随便便把房间给任何人看。"

房东一副自己没做错事般的样子,嗓门儿越来越大,可以感觉到她已经快被烦死了。我闷不吭声地继续听着,但不是因为被说服,而是无法理解这一切。

因为,秀珍和宥利从来就不是朋友。

房东说自己很忙,走了,我则宛如石膏般静静立在原地,眼前出现了各条巷弄的模样。

我想起秀珍那张小巧玲珑的脸瞅着我的样子,突然想到,她早上说了一句话:

"我不是女人。"

为什么?

起初听到时，我以为她是在冷嘲热讽，说自己不是像我这种女人，或是嘲笑我仗着自己是女人而招摇撞骗，博取别人的同情心，再不然就是想否定我说的话，才像个孩子般强词夺理。可是，我突然觉得那句话别有含意，有另一层隐藏的意思。

　　秀珍和宥利，宥利和贤圭学长，还有我。

　　但想得越深入，就越觉得自己走进一团迷雾。太阳在不知不觉中西沉，夜幕也降临了。我试着拼凑多年前的回忆，就这么停在那里，不晓得自己该往哪儿去。

秀珍

今天，我依旧在上班时刻意经过社区的幼儿园，看见一个小男孩哭着不肯离开妈妈的怀抱。我假装没有在看，实际上却很仔细地看那孩子的脸蛋，蹙眉的小脸满是哀伤，凝结在眼角的泪珠滑落的瞬间，我的心似乎也跟着揪了一下，更何况那孩子的妈妈呢？那位妈妈竭力将孩子拉开，转过身，脸上写满了疲惫不堪。

我转过头，假装什么都没看见。

晚上十一点，我结束咖啡厅当天的营业，准备回家时接到丈夫的电话。他说自己今天必须加班，要我先睡，不必等门。我回复说知道了，接着我们之间有些许的沉默。

我在回家的路上又看了幼儿园一眼，我认为这是一种倒胃口的习惯。

老套又可笑。

如果和某个人一起生活九年，再加上以前就已经认识三年，自然一眼就能看出那人的习惯和心情。沉默并不是他的习惯，频繁加班也不是。以前，我总能明确感受到丈夫的心，清楚得像伸手就能触及，最近却怎么都摸不透。

贤圭是个好丈夫，甚至比当男友时更好，但最近我们俩的关系很尴尬。好像是在一年前，我们去听音乐会回来后，丈夫就变得有些奇怪。音乐会上并没有发生任何事，倒是碰见了两个大学同学。她们目前在教育厅当公务员和图书馆馆员，但老实说，我不曾和她们接触过，要不是她们率先认出丈夫，大概我也不会主动打招呼。

难道她们和丈夫是什么特别的关系吗？搞不好是。丈夫是整个科系人气最旺的男生，我也不是他第一个女友，不过，就算丈夫是和系里教授谈恋爱，我也不觉得意外。

经历那件事后，我便将"重要的唯有现在"这句话铭刻在心底。

但那两个女人不像和丈夫交往过，她们都是在校时只懂得埋首读书的人。有些人就算不把他人放进未来规划中也可以过得很好，她们就是如此。这类人并不是因为对恋爱不感兴趣或抱持独身主义，只是不急着找对象，就算只身一人也能活得多姿多彩，同时享受着阅读、学习、和朋友来往以及各种乐趣。其实，我也属于这一类。

要是能多给我一点时间，或许就能和她们成为朋友。我也曾经想成为图书馆馆员，想将书本分门别类、按照顺序放好，将历史悠久的书籍存放在书库中。遇见两人的那一刻，我感觉自己发现了多年前遗失的某样东西，兀自短暂沉浸在回忆中。要是没有发生任何意外，也就是说，假如没有遇见贤圭，假如自己不认为经营结合书店的复合式咖啡厅比成为图书馆馆员更好，还有，假如没有发生那件事，我也会走上那条路。

真的吗？我不禁感到混淆。果真是因为那件事吗？

但我没有在这想法上钻牛角尖太久，因为丈夫的举动开始变得异常。无论怎么回想，都觉得先前没发生什么事，但很明显地，在那场音乐会遇见两个大学同学后，丈夫就变得很奇怪。没错，就是从第二天开始，早餐吃到一半，他冷不丁说：

"她们真的变了好多。"

起初我忍不住笑了，因为丈夫听起来好像是在说，大学时代只会在图书馆埋首读书的女同学变漂亮到让人认不出来。

但丈夫没有笑，只是淡淡地看着我，有气无力地说："我们好像什么都没变。"

我问他是什么意思，但丈夫只是露出寂寞的微笑，看起来有些心事重重，好像很疲惫。我没有再追问，以为是丈夫工作太过劳累。公婆一直在问我们为什么不生小孩，我们不是不想生，而是因为丈夫的精子无法着床。到医院检查后，医生诊断丈夫的精子不太健康。我们瞒着公婆进行了三次试管婴儿手术，全都失败了。手术带给我的副作用要比一般人严重，贤圭不想看我这么辛苦，于是中断尝试怀孕的念头。之后，他斩钉截铁地告诉公婆，三十五岁以前没有生小孩的打算。我心想，也许那件事让贤主感到意志消沉。丈夫是个一生不曾尝过失败滋味的人，却搞不好无法拥有孩子，这一定对他造成了莫大的冲击。

"我觉得我们小两口也可以过得很好，你说呢？"我安慰他。

这是我的肺腑之言。当然，我确实想有孩子，有我们俩的孩子。但另一方面我又不想有孩子，因为像这样过日子也不坏。实际上，我觉得这样的生活很棒。于是，我开始在上班时间跑到幼儿园偷看那些孩子，我想确认自己是不是真的想要小孩。远远望去，孩子们看起来如此美好，他们是全世界只知道爸爸、妈妈的小小生命体。在观察他们的过程中，我明白了自己很喜欢小孩。可是若问我是否真的想养育他们，我却无法马上回答。后来我蓦然明了：其实像这样远远看着他们就够了。是啊，没有必要按照大家制定的标准活。

我对丈夫说："我真的没关系。"

听到我的话后，丈夫没有回答。后来，我们也不再提起生孩子的事，就好像问题不存在。大部分时间，我们很幸福快乐，但随着丈夫越来越接近三十五岁，公婆开始施压了。他们问，秀珍也年纪不小了，生小孩的事要拖到什么时候？我也晓得无法继续漠视这个问题，希望能果断地向公婆坦承一切，但最近丈夫郁郁寡欢，实在不适合问他这么严肃的问题。过去丈夫也曾这样，但我决定让他一个人冷静一下，等他整理好心情，就会回归日常生活。

可是，这次真的持续了好久。

现在我也没有多问他什么，为了他好，给他一点空间才是正解。尽管这么想，但真正避而不谈的人是我。我知道，我应该要开口问。两人一起生活，就和情侣花心力避免分手相同，因为明白两人随时都能分道扬镳，因为彼此只是"他人"。

努力，代表存有想和对方继续生活的意愿，但单凭意愿无法解决一切。我很清楚意愿有多么容易打退堂鼓，而且意愿也唯有拥有必须守护的理由才会存在。意愿，只存于我所能承担的范围内。有时，我很想向丈夫倾吐自己的秘密，最终仍没有说出口。我真的能承担后果吗？若依据丈夫如今在我面前所表现的样子以及我对他的信任，回答会是"可以，我可以承担"。

他会理解我的——果真如此吗？真的有可能完全理解、接纳一个人的全部吗？他会一直怀抱想和我一起走下去的意愿吗？我曾经转换立场思考，万一他有秘密，我是否能够承受？

可以。

我会毫不犹豫地点头。我办得到，无论是什么都能承受。我真心爱着他，我们还在恋爱时，他经常半抱怨半撒娇地说我没有对他完全敞开心房。但那是出于爱他的缘故，要是我真的完全敞开心房，搞不好他会受不了我滚烫炽热的心，然后窒息而死。我希望自己能以完好无缺的状态爱着他。

我真的能承受一切吗？

可以。

真的什么都可以承受吗？

可以。

就算贤圭和教授谈过恋爱？就算他有个私生子？就算贤圭和河宥利是那种关系？

可以。

不！丈夫和河宥利没有任何关系。

我比丈夫更早听到那个传闻，但那出自金贞雅之口，我根本不把它当一回事。

几周后，河宥利死了，那时贤圭好像才听说了有关自己和河宥利的传闻。我真的丝毫不以为意，贤圭却很认真地表示自己有话要说，特地约我到咖啡厅。

"你一定听到了奇怪的谣言，但我从来没有那样做，也不曾有过任何足以造成那种传闻的行为。虽然这件事没有解释的价值，但我怕你会不舒服，所以想说清楚。我和河宥利没有任何关系。"

我笑着握住贤圭的手："当然啦，你觉得我会相信那种话吗？"

我不相信，真的不相信。贤圭从来不曾说谎，那是问心无愧的人才有的善良脸孔。他肯定什么都没做，也比任何人都清楚自己和河宥利不是那种关系。他没有做错任何事，没有瞒着我脚踏两只船，也没有恶意利用某个可怜的女孩渴望有人陪伴在身边的寂寞。我太了解那张只会说真话的脸，那张不曾伤害任何人、清朗的脸。

而这都要归功于那件事。

二十岁的春天，性侵我的男人看起来就是如此。

"我以为我们在搞暧昧，不是吗？"他似乎认为眼前的状况很扯，声音听起来委屈又愤怒。男人小心翼翼地向受到惊吓而打起嗝的我说："那个，你听了别不高兴，但你有被害妄想症。"

我边露出微笑边望着贤圭，使劲将脑海中浮现的那个男人的声音推到一边。

贤圭用安心的眼神看着她说："所以啊，我们好像得为宥利的葬礼帮一下忙。"

"你吗？"

"嗯，因为没有人出面。打了电话给她亲戚，但对方说必须早点离开，所以我叫其他人一起来帮忙打扫房子。"

"是哦。"

"嗯，没关系吧？她那么可怜。"

我并不愿意："都传出那种谣言了……非做不可吗？"

"反正是假的嘛，那种事不重要。就是因为有那种谣言，我才更觉得要帮忙。"贤圭握住我的手，"她都死了，好可怜。"

我观察他的表情，似乎是真心替宥利感到难过。我说自己也会去，贤圭则一脸吃惊地看着我。

"搬东西和打扫很累的，你还是别去比较好。"

"不会啦，我也去帮忙吧。"我盯着贤圭以及他那张问心无愧的脸，"她很可怜嘛。"

贤圭点了点头，表情有点不太高兴，像是事情不如自己预期般失望，但那只是我的感觉罢了。我没有再多问自己是否误会了什么，或是有什么我不知道的事。我很爱贤圭，不想和他分手，想和他一直走下去，也不想知道自己无法承受的秘密。

那么，只要我不问就没事了，因为我同样不想吐露自己的秘密。

*

丈夫整夜没有回来。我早上起床后，发现他站在厨房吃沙拉，好像已经梳洗完毕，也换上了干净的衣服，打扮得干净利落。我从橱柜取出吐司，他则摇摇头表示不用了。

"我没胃口，吃这个就够了。"

我将吐司袋扔在餐桌上，双手交叉于胸前，胸口涌上一阵郁闷。

"要是不回家，好歹也说一声，这样我至少可以事先准备点东西。"我说。

"我都说没了胃口了。"

他将沙拉碗放进洗碗槽，打开水龙头，自来水毫不留情地泼在碗上。我静静凝视他的背影，打开餐桌上吐司的袋子。

我才刚咬下一片吐司，他随即说："别吃那个，早餐要吃丰盛点。"

我神经质地回答："不用，我吃这个就好。"

他没再说话，只是用纸巾擦拭嘴巴，接着走向门口，说自己要去上班了。

"今天也会晚回来吗？"我问。

"不晓得。"

我的火气顿时冲了上来，他好歹也讲一下最近在做什么、会不会晚回来吧？！

我按捺心中的怒火，好不容易才吐出一句："最近公司发生了什么事吗？"

他转头看我，表情冷冰冰的。他不曾有过这种表情，脸上浮现犹如一年前那天般略带忧郁与寂寞的微笑，然后又消逝了。那天他说，我们什么都没变。那又怎样，没有改变难不成是问题吗？当然不应该改变啦。我倒是很想问他，不是每天都向我保证自己绝对不会变心吗？现在是腻了吗？

"看来你还会对我的生活感到好奇啊。"

我愣愣地看着他。这是什么意思？但在我开口询问前，他就已经开门走了出去。"砰"，大门关上了。我感到莫名其妙，真正该生气的人是谁啊？

整个上午，他的话持续在耳畔萦绕，让我相当烦躁。我有种预感，某件事正朝着无法掌控的方向发展。能够将它导正吗？两人回得去吗？是从哪里开始出错的？我早知道这一天会到来，早就料到会演变成这样。我们还在恋爱时，他曾经说不知道我在想什么，那令他感到不安。我忍不住大笑出声，问他这是什么意思，自己从来没有想让他感到不安，以后也不会这么做。

这是真的，我没有离开他的想法。我心知肚明，自己绝对不会再遇上像他一样的男人。因为我是离家出走的春子的女儿；因为他出身于安镇望族，是集万千宠爱于一身的人；因为在和他交往、结婚后，作为春子女儿的我地位也有了改变。确实如此，但这不是全部。

被性侵后，我整个人崩溃了。最痛苦煎熬的是什么？我当时怀孕了。怎么会这样，就那么一次而已，那一次却使我的人生支离破碎。怎会如此理所当然，竟然被性侵后就怀孕了。受孕不是一件极其神秘的事吗，怎么如此轻松容易？我认为自己的故事就像老掉牙的电视剧。

你问我痛不痛苦？好比在医院拿掉孩子，回来后在浴室边冲冷水边哭的时候；又或是想装作若无其事地继续生活却实在力不从心，食不下咽，不见任何朋友，体重还因此掉了十公斤的时候；还有足足躺在房间地板上三天，一动也不动的时候。不，一点也不痛苦。

最痛苦的应该还是被"也许我不值得被爱""我大概就是那种可以被强暴的女人"的想法纠缠不放的时候。这，才是最痛苦的。因此，开始和贤圭交往时，我恐惧万分，我告诉自己绝对不能放开这个男人。天啊，全校的女生好像都在渴望和刘贤圭交往，但这个男人却一直爱着我。

为什么?

难道你也想蹂躏、践踏我吗?

在我读过的童话故事里,从来没有不信任王子的公主。反正我也不是公主,只有外婆会叫我"我们的小公主",但那仅是外婆的想法罢了。我一把抓住了贤圭伸出的手,同时等待着他的态度丕变的一天,但贤圭,真的是一个善良的人。

他每天都会主动联络我,一有空就发消息,睡前也会打电话,问我一整天过得好不好,说我今天辛苦了。尽管如此,我依然没有松懈戒心,搞不好他那些都是演出来的。我反复想着,总有一天,他会毫不留情地蹂躏我,我必须未雨绸缪,才不会再次受到伤害。可是,我喜欢上贤圭温柔多情的嗓音,爱上他凝望我时羞涩微笑的脸庞。他对每件小事都充满了好奇,像是我早上喝的一杯水,为了挑选衣服而苦恼的几分钟,发消息给他时脑海浮现的词语等。

我也会回复很琐碎的内容:"今天很晚才吃午餐,肚子还很饱""穿的丝袜有点厚,觉得很不舒服""嘴巴莫名觉得干涩,所以泡了平时不喝的绿茶"……还有,在反问"你在做什么""心情好不好"的同时,我的内心产生了与他人一同分享生活的感觉,也因此感到害怕。自己越是喜欢他,就越担心幸福会转瞬消失。可是,只要一见到他,我的烦恼随即消逝得无影无踪,就好像过往的苦痛获得了补偿。是啊,我有被他人爱的资格,我是个有价值的人。只要和他在一起,不仅能感受他的体温,也能在自己身上感受到某种温度。紧密结合的心是具有形体的，是千真万确的，这件事极为珍贵。

听到河宥利那件事前，还有在宥利家中看到日记前我都是如此认为。

我知道宥利把日记藏在哪里。即便一个人住，宥利仍把日记藏在床后面。宥利告诉我，在亲戚家寄人篱下时，发现表姐偷看自己的日记，从此就习惯把日记藏在床铺后头，要是不这样就会辗转难眠。

大家都认为宥利会不计一切地吸引他人的关注，但宥利绝对不会把真正的心思说出来。

贤圭说会带几个学弟前来，结果当天一个人也没出现，大家都说有事无法到场。

"毕竟是宥利……大家有所顾忌吧。"贤圭听起来像在辩解，然后他要我回去，毕竟我不愿意做这种事。

我固执地摇摇头，说自己想帮忙清理宥利的家。这句话在某种程度上是出自真心。贤圭似乎没发现我和宥利之间的关联，只要稍微对此产生好奇心，很自然就能理解，但贤圭好像一直沉浸在其他想法中，无暇顾及其他。他看起来有点不自在，也有点焦躁不安，我还是第一次见他这样，但我觉得那只是自己心情使然。我担心宥利家中会出现与她相关的物品，才想尽办法要进入宥利的家，但贤圭老是要我回去，不让我做粗重的事，还不停地问我会不会不舒服。

我开始怀疑贤圭。这人怎么回事？一点也不像平时的他。该不会打从一开始就知道我的秘密，所以想一个人进去寻找证据？但我也知道这根本不可能。我没有对任何人说，这是肯定的，我的事绝对没有泄露出去。那他干吗这样？难道有什么想隐瞒的事？我非常固执，坚持要帮忙清理宥利的家，贤圭也只能由我去。贤圭好像没有察觉我的想法，他好像真的不知情。

房东之所以替他们开门，并非受贤圭的"善心"感动，而是因为认出我是曾经住在宥利家中、关系亲密的朋友，才将钥匙交给他们。

还有，房东也不晓得，二十一岁那年春天，我告诉宥利，往后不想和她走得太近，要她再也别和自己打招呼，后来我就再也没和宥利见面。

贤圭也绝对不知道，因为他是善良的好人，备受礼遇的人。但他也存在缺点，他不晓得有些事可能另有原因，他是个相信只要自己出面就能解决一切的男人。因为他来了，因为他刘贤圭来帮助可怜的宥利，所以房东自然就应该打开门。

房间内乱得惨不忍睹。他们先从厨房开始清扫，洗好碗盘后，装进准备好的箱子。我到床边收起被子，在我整理床单时，贤圭取出书柜的书开始装箱。可是很奇怪，贤圭在端详书页内部，好像在找什么东西。

我忍不住问："你在找什么？"

"哦，没什么。"贤圭结结巴巴地回答，"宥利之前不是闹过自杀吗？我心想里头会不会有遗书之类的。"

我没有回答。乍听之下，他的回答没有任何可疑之处，但很可疑。然而对我来说，事情顺序有优先级，我必须找到宥利的日记。我趁贤圭清理书桌时，悄悄朝床头那侧伸出手，伸进床架与床垫之间，抓住一本厚厚的笔记本。笔记本内夹了厚厚一沓纸。我偷瞄了一下后面，贤圭依旧很专注地在整理书本。我小心翼翼地取出笔记本，以迅雷不及掩耳的速度放进皮包。

当时陪怀孕的秀珍去医院的人正是宥利，我心想，搞不好宥利的日记上写着我的秘密。当然在那之前，宥利从来不曾向任何人泄露我的秘密。即便是在我表示"我再也不想见到你"时，宥利也只是安静地点点头。

"我不会把你的事说出去。"

不会说出去？是做不到吧，因为没有人会认真听你说话。我不怕宥利。

我曾经很需要宥利。当我躺在房间地板上，无法承受对自己的厌恶时，是宥利抚慰了我。但我展开了全新的人生，我开始和贤圭交往，也交了新朋友。我确信，自己的秘密绝对不想让第二个人知道。每次看到宥利，我都会感到胃一阵翻搅，因为宥利经常会宛如怀念昔日恋人般，站在远处凝望我，我则总是假装没看到。

大家却谣传贤圭和河宥利是那种关系？

笑死人了，绝对不可能有那种事。我将皮包放到一旁，走到贤圭身边，打算一起整理书籍，贤圭却握住我的手腕。

"你别弄。"贤圭对我露出温暖的微笑，"这很脏，你别碰这个。"

他旁边有个装满纸张的箱子，乍看之下纸堆中有笔记本。难道那些笔记本也是日记吗？我悄悄移动到箱子旁，贤圭又制止了我。他说，那些都是从大一开始累积的作业、笔记还有专题报告，同样也沾满灰尘。一听到我说要拿出去丢，贤圭随即用力挥了挥手臂，说东西很重。

我没有再碰那个家中的其他东西，只是静静看着贤圭把箱子拿去丢掉。

那天晚上，我读了宥利的日记。

但那并不是日记，而是奇怪的记录，从八月到十二月的记录。月历上标示了满满的"○"和"×"。二十六号上头画了"○"，十七号则画了"×"。我不晓得那些记号代表什么意思，接着我打开夹在日记间的一沓纸。

那是妇产科看诊记录。

八月二十九日的看诊记录："子宫内侧有伤口""持续有症状时，建议进行 SDI 检查"，SDI 指的是性病检查；还有记录，九月十四日"因外阴部疼痛住院""建议停止性行为"；十月二十四日"因阴道内壁受伤住院""开药、建议停止性行为"。记录持续到十二月，因为有太多专业术语，我看不太懂。经过一阵苦思，我悄悄向认识的护士姐姐请求协助。

姐姐说宥利的病情很严重，非常严重。听过姐姐的说明再重新端详日记，我顿时惊恐万分。该不会"○"是指发生了关系，"×"是指拒绝发生关系？姐姐说了，医师持续建议停止性行为，患者也持续来检查并接受治疗，但每次都因相同症状住院，这点让人想不通。

真是如此吗？拒绝之后仍持续发生关系，还这么频繁？

每次都拒绝了，最后却都是"○"？那么这些记号代表的是性侵？

不，不可能。我摇了摇头，不会这么离谱吧。

但是以为"不会吧"的事总会发生，所以才会成为老套的剧情。不，不会的。我再次摇了摇头，搞不好是自己老用同一种方式看待每件事。没错，我确实有这种倾向，虽然自己碰到了那种事，但不代表世界也如此运转。这指的一定是避孕，有避孕和没有避孕的日子。治疗记录中也开了口服避孕药，再说，倘若是性侵，那应该每次都拒绝才对，不是吗？没错！除了拒绝，没有别的答案！

然而，我也不记得自己拒绝过那件事，那件事是在我无法表达个人意愿时发生的。不，不会的，这是避孕。九月二十五日是"○"，接着生理期到了。可是，生理期也避孕？

我猛地合上笔记本，放进抽屉最底部，心脏狂跳不已。到底发生了什么事？这些代表什么意思？是和同一个人的记录，还是和多个男人的记录？是啊，毕竟是宥利，这一定是她和男人们乱搞的记录，必定是如此。那么，对象会是谁？记录在这本日记中的对象是谁？

有时，谣言很贴近事实。我与宥利，我与贤圭，还有贤圭与宥利……我的想法在这里打住，不想再知道更多。我暗自下定决心，要将宥利给忘掉。她已经是死去的人，是他人了。是我说要分道扬镳的，是我冷血无情地说要脱胎换骨，事到如今，我没有半点理由再去关切那种人生。

我真的忘掉了，我很努力做到这点，但偶尔和贤圭吵架时，我会想起日记上的"○"和"×"。"○"和"×"就是这样，会不分时间和场合冷不防地冒出来。和贤圭举办婚礼的前一天，我想起了"○"和"×"；婆婆碎碎念时，我想起"○"和"×"；外婆过世时，我想起"○"和"×"；试管婴儿初次失败时，我也想起了"○"和"×"。我暗自告诉自己要忘掉，"○"和"×"却时不时在我的人生中探出头来。还有最近，我每天都会想到"○"和"×"。贤圭背对我走远时，发消息告诉我自己不回家时，电话那端的沉默逐渐拉长时，我总想起宥利。

我没办法忘记。

我没有向贤圭询问"○"和"×"的事。我根本开不了口，因为担心会听到自己无法招架的回答，或是贤圭会因为我有那种想法而大失所望。不，这些都是借口，最大原因在于担忧事情不会就此结束。我很害怕自己必须向贤圭道出自己的秘密，害怕必须说出为什么会和宥利亲近，当时我发生了什么事。那么，搞不好一切就会画上句号。当然，他一定会谅解，不会有所动摇，我不相信的是自己。他，一点都没有变。我真能如此相信吗？我没有自信，就这样失去好不容易才把握住的温热体温、如此珍贵的心。倘若当初不知情就好了。她是怎么得知的？又是怎么听到那种谣言的？

金贞雅这"疯女人"，为什么就不肯放过我？！

*

十一点，咖啡厅打烊后，我独自坐在空桌旁。我不想回家。想着要不要发个消息跟丈夫说一声，可是应该说什么？

我打开笔记本电脑，再次找出几天前看过的关于金贞雅的文章，读了起来。金贞雅的事在安镇彻底传开了，起初我不作他想，只觉得"原来金贞雅过着这种生活啊"，现在却想站在谩骂贞雅的阵营那边，随便回应点什么都好。

我"扑哧"笑了出来。

每次想起金贞雅，我就忍俊不禁。

儿时往事犹如梦境。初中毕业前，我们在八贤是众所皆知的超级死党。每次去贞雅家玩，她的爸妈就会摆出看自己不顺眼的样子，这时贞雅就会哭着求他们不要讨厌我，发脾气要他们别这样对待我。我打从心底喜欢贞雅，并且暗自发誓，即使自己必须做出许多牺牲，也要守护和贞雅的友谊。

一切都像是一场梦。

确实只是一场梦，就和不曾发生过没有两样。

此时，我的手机响了，是未知来电。我接起电话。

"喂？"

对方没有出声。是恶作剧电话吗？

我又问了一次："喂？请问哪位？"

这时，对方回答了。

"是我。"

我听不出这个女人的声音，可是她的口气就好像我理当知道一样。好累，一整天脑袋就像快爆炸般乱哄哄的，晚上十一点了还接到这种电话。我闭上眼睛，宥利的脸庞迅速闪过，接着自然地浮现那些"○"和"×"。丈夫今晚大概也不会回来了。

我在被诊断出难以怀孕时也想起了"○"和"×"，当时我产生了一种奇妙的安心感。

"什么？请问你是哪位？"我问。

对方回答："是我，金贞雅。"

我缓缓张开眼睛。哦，原来是你，我怎么会把你的声音忘得一干二净？但你绝对不会放过我吧。十一年前，我曾对宥利说"以后我不想跟你走得太近"，其实那是我在更早之前，从某人口中听到的原话。

"以后我不想跟你走得太近。"

"我们不是同一种人。"

很久很久以前，贞雅这么对我说。

那是紧紧揪住我不放的过去，想忘却忘不了的记忆和情绪。我曾希望一切能够消失，最好永远消失。但现在我已精疲力竭，难以遏止的愤怒涌上来。我受不了了。

我冰冷地说："疯女人。"接着挂掉电话。

手机再度响起，但我没有接。

贞雅

按下电铃后，丹娥打开了门。

"怎么现在才来？你一小时前就说要来了。"

家里弥漫着食物的香气。我将双手洗干净，走进厨房，将加了豆腐的清曲酱汤摆到餐桌上。最近丹娥搬进了一间小小的公务员公寓，虽然有一半的钱是靠贷款，但她仍喜滋滋的。先前回来安镇拜访丹娥的新居不过是三个月前的事，没想到这么快就又来了。我们在餐桌前坐下，我用汤匙舀了一匙清曲酱汤送入口中，口中顿时充满了大豆的香气。我说，刚刚先去了一趟网咖，原本打算向网络搜查队检举那个 Twitter 账号，到警察局后却从警察那儿听了一顿掺杂叹息的牢骚。警察表示这点小事不足以进行搜查，并未构成直接的名誉损害，就算进入调查程序，在解决其他延宕的检举案件前，没空替我解决。

我随即去了网吧，试着在 Google 上搜寻"@qw1234"这个账号，什么也没搜出来。这是为了上传那个帖子才创建的账号，除此之外就没有发表任何东西了。

我花了很长时间在网络上搜寻和那个账号类似的蛛丝马迹，依然一无所获。有没有什么办法呢？我想要找到证据。竟然说我是疯女人？说我撒谎？秀珍心里肯定有鬼，我要揭穿那个谎言。只不过我无法单凭心证，这次必须证据确凿，可是找不到杨秀珍发那个帖子的痕迹。

"如果不是杨秀珍做的，那怎么办？"一听我说完，丹娥立刻反问。

"是她写的没错。"我坚决地回答。

我本来打算说去了宥利家附近的事，最后决定作罢，毕竟我的猜测也无凭无据，况且丹娥似乎认为我是因为李镇燮才变得这么敏感。真是有苦难言，难道就没有什么办法能让杨秀珍坦白招供吗？

"话说回来，幸亏明天是星期六，如果是星期天，我一大早就得开始忙，没办法照顾到你。"丹娥说。

"别这么说，我自己可以处理。"

每个星期天早上，丹娥都准时到教堂报到。她去的是安镇最古老的教堂，一栋用红砖建成的哥特式建筑，兴建于1914年。走进内部，穹顶高耸入天，抬头尽是五颜六色的美丽彩绘玻璃。高中时，我也曾跟着丹娥去教堂。那是圣诞节前夕，大家都带着真挚平静的表情祈祷着，看到我走过去，大家便自动起身，让出一个座位给我，让我觉得自己好像什么重要人物。然后，前方的合唱团开始唱起悠扬的圣歌。大家随着每一个音阶唱圣歌，那是我第一次知道，原来当众人的声音融合在一起时，可以发出如此美妙的声音。

合唱团。

我放下汤匙，想起宥利在死前曾经闹自杀的事。当时一同参与的人中似乎有教堂合唱团的伴奏者，听说事件发生后，他便全心投入教堂的工作，并在安镇的市民团体发起防止自杀运动，分享自身经验，拯救陷入危机的人们。我心想，搞不好那人知道其他关于宥利的事，毕竟人想寻死都有原因。我越想越觉得，那不只是单纯想吸引他人关注的行为，宥利应该有什么理由。既然会想一同寻死，她会不会向这些最后见到的人吐露心事？

我问丹娥："我星期天可以跟你一起去教堂吗？"

"咦？"丹娥抬起头，"怎么这么突然？"

"我不是想看弥撒。"我考虑了一下接着说，"那个钢琴伴奏者现在还去教堂吧？"

丹娥这才恍然大悟，叹了口气，语气有点不耐烦："搞得好复杂啊。我已经说了不是杨秀珍，你不能忘掉这件事吗？"

我没有回答。

丹娥继续说："宥利和你又不熟，你非得把去世的人拖下水，查个水落石出吗？"

"又不是我把她拖下水的。"

我想起最后一次见到宥利那天，她从巷子里跑出来，喊着我的名字。当时是冬天，天气很寒冷，宥利要我帮她的忙，但我只在乎自己的情绪，表现得很不友善。我没必要那样对待她的，毕竟时光不停流逝，每一刻都在改变，虽然我们不熟，但至少可以友好地向彼此道别。搞不好宥利是唯一会对我离开的事感到遗憾的人，她是个毫不在乎他人如何对待自己，不吝惜付出真心的人。

我抬起头，尖锐地说："我会追根究底，看谁才是'说谎精'。"

丹娥摇摇头，一副拿我没办法的样子。

在我洗碗时，丹娥削了苹果，我们斜靠着身子躺在客厅沙发上看电视，屏幕上正在播放偶像剧。以前看到这种电视剧的台词时总会忍不住心跳加快，现在只觉得心寒。它们听起来全都像是谎言。

我将头靠在丹娥肩上："白天时，李镇燮发了消息给我。"

丹娥的笑容僵住："他说了什么？"

"他约我碰面聊聊，说最后有话想跟我说。"

"要说什么？还有什么可说的？"

"谁知道？他说我可以带别人同行。"

"哼，叫他滚远一点吧，从头到尾都表现得趾高气扬，干吗说得一副好像是他允许见面似的？"

我一句话都没说。李镇燮并没有用允许的口吻发消息给我，反倒像在寻求谅解，如果我看到他会觉得不舒服，或担心发生不好的事，找人一起前往也没关系。但我没有在丹娥面前袒护他，也羞于承认在看到那则消息后又瞬间心软。丹娥拿起一块苹果，"喀"，发出清脆好听的声音，然后将头转向我这边。

"你回了吗？拒绝了吧？"

"没有，已读不回。"

"直接拒绝吧。你不是说如果没有严正拒绝，他就不懂你的意思吗？"

"嗯，我只是不想跟那个人讲话。"

"别这样，把你的意见说出来啊。"

我再次沉默。

丹娥语气相当认真地说："你还记得我二十岁时短暂交往的那个男生吗？就是民宇。他说要分手时，我不是大闹了一场？应该打了有两百通电话，真的彻底疯了，但他自始至终都不接电话。当时我不晓得那是多么卑微的行径，总想着只要多打几通，他总会接电话吧，那样我们就有机会说话了，只要有谈话机会，就会有转圜的余地吧。总之，那时还很年轻。但其实民宇很讨厌我，只是说不出口，才会不肯接电话，我却完全不知情，自顾自地演了一出闹剧。所以，后来他朋友打电话给我，你还记得吗？"

"嗯，当时你，"我忍不住笑了出来，"真的是病入膏肓，人家还叫你别再当跟踪狂了。"因为年代很久远了，所以可以笑谈过去。

丹娥停顿了一下，继续说："我认为是我做错了，以前不晓得我的行为对某人而言是如此毛骨悚然。但若硬要辩解，如果对方明确告诉我'别再联络了''我不想再看到你'，也许我会早点清醒。"

我觉得眼泪快掉下来了。我抬起倚靠在丹娥肩上的头，往后仰，好像只要这样做，稍微溢出的泪水就会再度回到眼眶内。

"最近去看心理医师了吗？"丹娥沉静地问我。

"没有。"

"为什么？"

我回答："感觉没什么帮助，舍不得花这笔钱。"

丹娥关掉电视。我好害怕，要是忍不住失声痛哭怎么办，那应该会一发不可收拾，我必须赶紧转换话题。

我说："宥利是怎么面对的呢？"

她应该看尽了各种肮脏的丑态，她是怎么熬过那一切的？她既没有半个朋友，也没有稳定交往的男朋友。

"这样讲好像太傲慢了。"丹娥说。

"是吗？"

"嗯，"丹娥回答，"我们又不了解她。虽然我也不知道她是什么样的人，但我觉得她应该把自己打点得很好。我们好像没有资格随便评论她很可怜或怎样，宥利应该有她自己的一套方法。"

泪水好不容易收回了，我抬起头："什么方法？"

丹娥凝视远方，漫不经心地回答："就是……克服的方法。"

我凑近丹娥身旁，彼此的肩膀互相触碰。丹娥的肌肤柔软却结实，我小心翼翼握住她的手背。现在丹娥不再谈恋爱了，她说自己厌倦了遇见新的对象，变亲密后又再次疏远的过程。交往后，疲累比开心的时候更多，不晓得做这件事有何意义。一想到要抱着搞不好会分手的不安来维持关系，就觉得很累人。谈恋爱原本并不是为了变得不幸，谈了之后却的的确确会变得不幸。在迈入三十岁时，丹娥下了结论：自己不适合谈恋爱，然后正式宣告再也不交任何男友。

我以为她不会维持很久，没想到居然来真的。不过，比起跟男人交往时，丹娥现在看起来更自在也更坚强。我曾问丹娥会不会孤单，她说，跟男人交往时反倒更孤单。

我突然感到好奇："最近你还会写信吗？"

"偶尔。"接着，丹娥朝我嫣然一笑，补充一句，"你最好也找个发泄渠道。"

照丹娥的说法，写信就是她克服孤单的方式。记忆蓦然登门造访，还有留存在记忆中的情感也是。丹娥当时真的很喜欢那个男生，为了重建被弃如敝屣的真心，丹娥走过了好长一段时间，才会到现在还在写信。那是她克服某个难关的证据，也是往后能承受任何事的记录。丹娥说得没错，我需要一个途径，将凝积在内心的东西掏空，回归现实。

我笑了笑。这次，换丹娥将头倚靠在我肩上。

我说："说话好像能帮上我的忙，所以我才一直跟你说话。"

"真的都说了吗？"

"嗯，大致上是。"

丹娥笑了起来，我的身体也跟着晃动："我看只讲个大概是不够的吧？有些事情如果没有具体说清楚，就不会彻底了结。"

我们紧紧握住彼此的手。十七岁时，丹娥走出医院，在回家路上，我们也一直牵着手。人生中唯一称得上是正确选择的事，就是那天和丹娥手牵着手，一路同行。

*

钢琴的音色冰冷坚硬，但人们的嗓音叠放在那音色之上，声音便犹如柔和的曲线般绕了个弯。悠扬的歌声填满了教堂，究竟是因为高耸的天花板，还是光线透过彩绘玻璃洒落而成的气氛使然？我虽不是天主教徒，但若偶尔跟着丹娥去教堂，就会有种心灵被洗涤清空的奇妙感受。

神父的布道逐渐走向尾声，看到大家沉浸在神父的传道中，我感到很神奇。坐在教堂内的人大概有五十名，能让这么多人专注的力量究竟打哪儿来的呢？还有，那位神父看着五十双眼睛集中在自己身上，又是什么感觉？

在公司最痛苦的差事莫过于上台做简报。我很讨厌站在众人面前，总觉得压力很大，光想到有许多人竖耳倾听我说话，目光全盯着我，就感到胃里一阵翻搅。要是不小心犯错或说错话，好像就会被指责，我没自信能够满足大家的期待。搞不好就是因为那份压迫感，我才会一直依赖李镇燮，因为无论怎么自我确认，依旧没有能够胜任的自信。听到神父坚定的嗓音，我觉得好神奇，他怎能如此确定某件事？那些人怎能不带任何怀疑，只专注听一个人说话？我呆呆看着前方，脑袋想着别的，突然其他人在胸口画起十字，开始祈祷。

"我的错，我的错，是我的错。"

听到那句话，瞬间感觉遭到一记当头棒喝，前晚好不容易忍住的泪水再次汹涌翻腾。我的错？真的是我的错吗？罪恶感油然而生——活了三十二个年头，每当要做出抉择却什么都做不好的罪恶感，往后也会活得满目疮痍的罪恶感，毁掉自己人生的罪恶感。

我望着身旁的丹娥，她正诚心祈祷着。

丹娥从来不曾在我面前谈论宗教，即便在那件事后，丹娥仍按时参加弥撒，旅行时也会抽空造访教堂。我很好奇，她每个礼拜都来这里，反复诵念那句"我的错"，真的不要紧吗？但我不想擅自评断朋友，丹娥很坚强，那是她的宗教，在她的世界里，会有个能整理、结束一切的解答吧。

我也说不上来，毕竟听到神的话语，似乎也不会改变什么。但我很喜欢跟丹娥来教堂聆听有关爱的话语，神会无条件爱世人，好棒，这句话似乎很美好。要是相信有个绝对爱我的人存在，感觉就能找到平静。但这样就够了吗？就凭看不到也感觉不到的爱？我渴望温度，伸手就能握住、感受到实体的温度。那温度，才能让人明确感受到爱。

宥利也是如此吗？为什么有些人宣称爱很伟大，有些人却说无法放弃爱的行为很愚蠢呢？我也同样无法放弃，我相信总有一天他会珍惜我，相信能成为彼此珍惜的人。

我用手掌覆住额头。

该死，为什么我没有一天能忘记他？

我不晓得自己现在在干什么，一切都变得好虚无。

弥撒结束了。

丹娥悄声要我稍等一下，接着走向伴奏者。伴奏者正忙着和合唱团的人寒暄，见到丹娥打招呼，他显得很高兴。丹娥用手指着我，似乎在说河宥利的名字，他的表情顿时变得僵硬。

我们和伴奏者来到附近的咖啡厅。走进咖啡厅后，我又想起杨秀珍，不免又开始纠结。

伴奏者很沉着地问："您为什么会对河宥利感到好奇？"

看来丹娥没有坦白说明我的来意。我思索着该怎么说才好，假如说我正在收集情报，想揪出在 Twitter 上怒骂我和河宥利的恶人，这说辞又很拙劣。

我随口回答："我最近在写小说。"

"小说？"伴奏者问。可以感觉到旁边的丹娥也吓了一跳。

"对，我打算将当年宥利的自杀事件当成题材，撰写一部小说，所以想听听大家对河宥利小姐的看法。"

"那您好奇哪方面的事？"他的语气充满怀疑。

"当时宥利的状态之类的，什么都可以。"我尽可能用最自然的口吻回答。

"这个嘛，我也不知道有没有什么可分享的。"伴奏者露出浅浅的微笑，"都是在咨商室进行的访谈或笔记中讲过的事，应该没什么特别的内容。"

我说，有重叠的内容也没关系，请他聊聊那天的情况，只要是关于宥利的都可以。

"请您帮帮忙。"我说，"您现在不也在帮助其他人吗？"话刚说完，我意识到自己好像真的很迫切。

他轻轻叹口气后才开口，从宥利当天最早抵达汽车旅馆的事说起。

他说，当时他刚和女友分手，内心充满愤怒。在盛怒之下，他很想一死了之，这样一来，女友就会一辈子带着罪恶感。后来其他人抵达了，总共有五个人。气氛很尴尬，素昧平生的人为了寻死才聚在一起，尴尬也是必然的。他们围成一圈坐下，各自说了些话，包括为什么想寻死，究竟为什么如此憎恨这个世界。那时他撒了谎，要是他说出是被女友甩了才想死，总觉得听起来很逊，于是他说自己想寻死，是因为世界充满了腐败不正之事。

宥利则说："我病得太严重，已经厌倦了，好希望可以结束一切。"

"生了什么病？"另一个男生询问。

宥利直勾勾地盯着他。伴奏者说，如今回想起来应该是有所误会，但当时宥利看起来很像在勾引那个男生。

"不瞒你们说，河宥利小姐看起来有点怪怪的。该怎么说呢，她好像不懂得察言观色，掌握当时的气氛。我虽然是个想要帅又意气用事的家伙，但当时有两个女生状态真的很糟，好像要是有人递上一把刀，她们就会立即往脖子上抹去般阴沉。可是河小姐却滔滔不绝地讲着枯燥乏味的话题，笑个不停，还一直拍手。因为气氛很尴尬，有些夸张的行为也情有可原，但她的举动怪到让人很有压力。我心想，这女的好像疯了。"

我懂他想表达的意思，仿佛宥利就在眼前。

"她好像并不想听别人说话，只想一直说自己的事，然后又莫名其妙地哭了起来。

"气氛变得很诡异，但并不是阴郁或绝望，而是让人很不自在。就在这时，宥利开始大叫，吆喝着要大家赶快一起死。她从背包中取出农药递给大家，要他们赶快喝下，但没有任何人采取行动。这时宥利拿着农药走向我，我吓得往后退，其他人也连忙远离宥利。就在这时，听见了'砰砰砰'的敲门声——警察来了。最后，我们接受调查后就各自回家了。"

这和先前听到的相同，我小心翼翼地问起打从一开始就很想问的事。

"请问一下，您有没有看到谁来带宥利回去？好比说个子高的男生或女生。"

伴奏者摇摇头："没有。怎么了,是认识的人吗?"

"没什么。"我吞了吞口水,"只是在想她是否从头到尾都是一个人。"

"她是一个人。"

我点点头,却突然冒出一个念头。

"请问那个男生,就是宥利好像感兴趣的那一位,他的个子高吗?"

伴奏者摇摇头："不高,比我矮,一百六十五厘米左右……怎么,河小姐身边有个子高的男生吗?"

我一时语塞,正犹豫着该怎么说才好,这时丹娥插嘴："那个男生后来怎么样了?"

伴奏者笑了："他还活着,说不定你们知道他是谁……"

"是谁啊?"丹娥再次询问。

"啊……他叫姜胜永。"伴奏者说完后,看了我们一眼。我们完全不认识这个人。

伴奏者耸耸肩,表示我们不知道也没办法。

"那个叫姜胜永的人,后来和宥利见过面吗?"我像在自言自语般问。

"这个嘛,我就不清楚了。"回答完后,伴奏者就闭上了嘴。

空气中弥漫着片刻的沉默,他好像在犹豫着自己该不该说某些话。我静静等待着,丹娥也不再开口。

"小说的主题是什么？"伴奏者直视着我。

"嗯？"

"您在写的小说。"

我镇定地凝视伴奏者，没有回避他的眼神："罪恶感。"

伴奏者变得很安静，他思索了一下后再度开口："如今回首，忍不住会想——那到底是怎么一回事。"

他重新说起了故事。在那之前，他没想过死亡有多么骇人。死亡，意味着要和世界一刀两断，自己却曾经那么小看它，这件事令他觉得很可怕。

"好歹当时也二十七岁了，却这么不懂事。"

尽管不晓得姜胜永的状况，但他自己倒是又和宥利见了面。

"虽然觉得她怪怪的，但她很漂亮。"

他再度停了下来。

我顿时萌生一种异样感，他好像正在向我告解，很努力地缓缓道出藏在心中多年的故事。我的错，我的错，是我的错。他是想减轻自己的罪恶感吗？但很快我又产生另一种感觉，我发觉这个人在说话的同时，持续在观察我的反应。没错，他好像想吸引我的注意。仔细想想，他也曾经是个想引起某人关注才打算走上绝路的人，难道至今内心的某个角落，仍有尚未干涸的泥块凝结吗？搞不好他不是在帮助其他人，而是自己依然需要帮助，也许他需要有个人可以窥探他的内心，窥探被隐藏起来的丑陋真相。那我呢？我也同样需要他的关注，需要他的帮助。我对上他的眼神，很真诚地倾听，慢慢地，我对他坦诚吐露的同时又迟疑地拐着弯说话的态度感到自在了许多。

他终究说出了自己的心思。当时，他看出宥利是那种很容易追到手的女生，应该很轻易就能接近、俘获她的芳心，所以他与宥利联系，宥利也二话不说就答应见面。

"但也不完全是这个理由，因为当时我刚开始去教堂，我觉得她似乎比我更需要去教堂。"

他们一起吃了顿饭，接着到咖啡厅喝了杯茶。他看着宥利，内心不断纠结着。虽然他没有露骨地表达出来，但不用说也知道他当时在想什么。要不要约她去汽车旅馆，还是再多等一会儿？不，带她到教堂吧。他们开始聊天，他当然无法专心讲话，反正宥利也不是可以聊深入话题的对象。相较于毫无来由地笑个不停和倾听对方，宥利更想说自己的故事。最后宥利突然说，自己不想寻死了。

"你不是说已经厌倦了吗？"他问。

宥利咯咯笑了起来，但他不懂这有什么好笑的。

"没错，变得更厌倦了！"宥利大声说。

但她说自己不打算寻死。

"为什么？"

他问完后，宥利却说了让人听不懂的话："因为我想赢。"

那一瞬间，他整个人冷掉了。我饥渴到要跟这么奇怪的女生交往吗？他顿时兴致全无，想要赶快离开，就问宥利有没有打算去教堂。

宥利拒绝了："靠那种东西无法获胜。"

听到那种像是电影里或书本上照本宣科的回答，他反倒觉得很丢脸，坐在旁边的人可能都听到了，真巴不得挖个地洞钻进去。现在他失去了任何好奇心，也不想继续待在那里，打算尽快喝完茶回家。这时，宥利做出了一个很奇怪的举动——朝他露出神秘的微笑，从背包中取出一本厚重的笔记本放在桌上，接着站了起来。

"我去一下洗手间。"

他愣愣地坐在椅子上，以为在看什么话剧。宥利离席的座位上放着一本犹如在等待他翻阅的笔记。看起来像是日记。

"您看了吗？"

"看了。老实说，河小姐就是一副希望我能拿起来看的样子，所以我没有多想。"

刻意将日记放在某人面前，然后离开现场。宥利是个纵使这样做也不足为奇的人，因为她总是用全身在呐喊，希望能将自身的伤口展现给他人看。那里头有什么呢？男生？孤独的内心？搞不好宥利真的在写小说呢。日记里有什么呢？个子高的男生。对了，会不会有关于那人的事？里面究竟写了什么？她为什么急于想让别人看到呢？

"没什么特别的。"他说，"我忍不住笑了出来。日记大概只写了三四页吧，里面还有类似数字的东西，然后是月历，有画圈的，也有画叉的。总之，女生不是都会做记录吗？"

"经期吗？"

他的脸微微泛红："对，就是那个。其中还夹着几张诊断书，但我就没仔细看了，毕竟不应窥探那么私人的东西。我觉得可能是医疗保险给付有需要，才去申请诊断书，更何况我对那种事也不感兴趣。因为内容和我的想象有落差，所以很快就合上了。啊，不过我记得一件事，就是第一页里写了数字。"

"数字？"

"是号码。我到现在还记得，是7—38。因为当时是七月，我以为是日期，但又没有三十八日，我觉得很奇怪，所以一直记得。后来听说河小姐过世的消息，又想起了那组数字。我很好奇那是什么，所以打听了一下，但当然是一无所获啰。"

7—38。

这是一组神秘的号码。七月，那是在宥利死前五个月。伴奏者口中的宥利和我的认知没有太大差别。从他人口中听到宥利的事，心情变得好奇怪。大家好像都很懂宥利，实际上却没有人真正了解她，甚至在他人口中的宥利本人，好像也不清楚自己是谁。我问伴奏者，能不能跟他要那个姜胜永的联络方式，但他也不知道。

"要是在网络上搜寻，应该可以找到。"

那个人八成也在倡导防止自杀吧。虽然不知道他是谁，总之先去见一面吧。要是宥利曾把日记拿给这个人看，想必也会拿给其他人看。就目前所知的来看，什么都无法肯定，但依我直觉，日记就是宥利抒发情感的方式。她利用唯有自己看得懂的记号，记录所有记忆和情绪。日记大概被杨秀珍拿走了吧，秀珍会如何处置它？扔掉了吗？或者还在她手上？

我望着身旁的丹娥心想，假设有一天我失去了丹娥……虽然不会发生这种事，但万一不幸发生，我因此看到了丹娥过去写的无数封信件，我绝对不会丢弃它们。倘若杨秀珍和河宥利过去真的是朋友，她大概也不会狠心扔掉，即便上头写着自己不想承认的内容也一样。我所认识的秀珍是这样的人。

突然，脑海再次浮现那组数字。

7—38。

宥利的方式。

宥利说过的话——"因为我想赢。"

突然灵光乍现，那个扒开记忆往上爬的清晰嗓音。

"4—98。"

去年四月，我被李镇燮痛打一顿的那天，还有凌晨他突然跑来我家，我因为害怕而勉强跟他发生关系的那天，我打了电话到性暴力咨商中心。

辅导员问我：

"您曾经拒绝吗？"

"没有。"

"曾经中途要求对方停止吗？"

"没有。"

"您曾在中途表现出排斥之后，对方依然为所欲为吗？"

"没有。"

问题。没有。

问题。没有。

问题。没有。

没有。没有。没有。没有。没有。没有。没有。
没有。

辅导员说："您必须明确表达'不要'，在这种问题上，表达自身拒绝的意志是最关键的。您可能会感到很委屈，但总之标准在于是否表示拒绝，您必须持有自己是被强迫的证据。"

"证据？什么样的证据？"我问。

"任何证据都可以。请您写下日记，把事件在何时何地，还有过程是如何发生的，事无巨细地记录下来。消息或电子邮件的威胁也可以，无论是心理或生理层面，您最好确保手上有您表示拒绝后仍然受暴的证据，这样才会赢。"

这样才会赢。

辅导员挂电话前给了我一组号码，下次如果想再进行咨商，只要报上这组号码就可以了。

4—98。

那是我的号码。

代表四月，第九十八个个案。

最后一次见到宥利那天，宥利对我说："贞雅，你可以帮我个忙吗？"

高个子男生的影子站在巷子那一头；当时我背对烤肉店，随时都可能有人从店里走出来；后来，贤圭学长替宥利的家大扫除。

该不会要我帮忙指的是这件事？

"你怎么了？"丹娥凑过来问。

我摇了摇头，虽然心想是否该去咨商中心一趟，但他们终究不会向他人公开私人咨商记录。可是单凭心证，什么事都做不了。我必须确认日记的内容，将能确认的都逐一确认，这是眼前最要紧的事。

万一我的怀疑是对的呢？

我突然害怕起来，宥利在无法向任何人倾诉的情况下，是怎么度过那些日子的？搞不好宥利是想把自己的遭遇告诉伴奏者。

就像那天在巷弄发现我的身影，突然跑出来一样。

"可以帮我个忙吗？"

是我对她视而不见。她向我求助，我却什么也没看出来，冷血无情地掉头走开。

腹部内侧突然一阵刺痛，是先前被李镇燮揍的部位。疼痛从深处袭来，我感到很不舒服。不过，目前还只是我的猜测。我深呼吸，搞不好是我把每件事都想得太严重。

我们向伴奏者道别后，从座位上起身。

丹娥转向伴奏者："那个……"

丹娥曾说她很好奇一件事，为什么宥利取出农药要大家一起死时，没人照她的话做？宥利的确可能搞砸认真严肃的气氛，但大家是打算来寻死的，这个举动有大到足以破坏当时的氛围吗？

丹娥小心翼翼地探问："老师，您为何当时没有喝下农药呢？"

伴奏者转头看了一下教堂，脸上浮现一抹犹豫的神色，我们只是静待他的回答。

"我只是不想和那个女生一起死。"

我一言不发地看着他，低下头。

我可以理解他的心情。

罪恶感从心底浮了上来。

秀珍

　　阅读是我解压的方式，因为阅读最唾手可得。起初我读的不是小说而是新闻，只要在网络上敲几个关键词就可以看到许多信息。性侵、怀孕、堕胎……现今被性侵的女性多得不可胜数。网络页面开了都超过数十个，新的案件仍持续弹出来：被性侵的女性、怀孕的青春期少女、被偷拍的女性、被刀捅的女性，还有被抛弃的新生儿。我之所以锲而不舍地搜寻，原因很简单。

　　我想知道其他人的情况是什么样子。我很讨厌去咨商室或受害者治疗团体，毕竟安镇是个小城市，风声很可能传出去。虽听说那些团体会彻底保护成员的隐私，但我才不相信。我害怕人们的恶意，说得更准确些，我无法信任那些毫无形体的声音。恶意反倒还能信赖，至少它具有明确的意图和形体。

　　"春子的女儿""不良少女的女儿""不幸的女人"，这些是自从在八贤就一直跟着我的声音，用漫不经心的口吻指称我。村子里的人都是善良的好人，但他们在说那些话时，似乎完全没有想到我会因此受到伤害。他们说了一遍又一遍。"地上有颗小石子。""秀珍一定跟她妈妈一样笨。""哇，天空有飞机飞过了。""春子八成又跑到其他地方生孩子啦。""冬天到了，下雪了。""我的天啊，秀珍要上大学了？"大家就是这样，好像压根儿没意识到自己到底在说什么。

即便事发已经过了十二年，那男的也不认为自己性侵了我。

所以我读了一篇篇报道，想知道有类似经历的女性究竟都是怎么挨过的。在浏览了数百篇性侵报道后，我明白了一件事——出现在新闻中的性侵事件大致可归纳如下：

受害者还来不及报警就身亡了。

受害者在报警后身亡了。

受害者报警后，在判决中败诉了。

受害者报警后依然活着。

从这些简短的句子中，我什么都感受不到。我想知道的不是这些，而是她们的心情如何。和我一样觉得自己很悲惨吗？晚上会噩梦连连吗？像我一样，觉得自己是卑贱的小虫吗？

我最感到好奇的，是罪恶感。

我明明没做错什么，为什么却好像做错了事？是因为我拿掉了孩子吗？可是那真的能称得上是孩子吗？在非自愿的情况下，以非我所愿的方法所产生的胚胎，就非得称他为孩子吗？那么我呢？我的人生呢？我的身体呢？你们又有何感受？

报道上没有任何答案。

有一次上课，读了乔伊斯·卡罗尔·欧茨的小说《我们是马尔瓦尼一家》部分内容。那是李康贤的课，不用想也知道，她肯定是让大学部的学生帮忙翻译的初稿。虽然我感到很烦躁，但看到"rape"这个单词后，我便默默开始读文本。当时是贤圭翻译的，内容描述的是玛丽安在毕业舞会上被性侵后感到痛苦万分的情节。马尔瓦尼、玛丽安、女人与少女组成的家庭分崩离析，玛丽安则犹如遭流放般长年四处游荡。

其中有个段落是这样的："我喝了酒，那是我的错。虽然希望能够回到那天晚上，却没有任何办法。我怎能对那件事做出伪证呢？"

一下课我就冲出教室，跑到厕所大哭了一场。我反复读着那个段落，一遍又一遍，复诵那个句子时，我用自己的方式将词汇做了替换。

我喝了酒，那是我的错。虽然希望能够回到那天晚上，却没有任何办法。

我喝了酒，是我让他有机可乘。虽然希望当作一切都没发生，我却办不到。

虽然希望当作一切都没发生，但我做不到。

绝对做不到。

因为已经发生了。

已经覆水难收了。

可是，我对玛丽安并不是百分之百地感同身受。玛丽安是有意识的，她记得所有事情，为了防止父亲被控告家暴，才会说自己想不起来。我忍不住心想，倘若当时自己像玛丽安一样意识清醒，结局是否会有所不同。但后来我明白了，自己终究不会采取任何措施。"毕竟是春子的女儿嘛，不意外。""哎哟，泡菜腌得可真好。""早就知道春子的女儿会有那种下场。""春子家，你要不要吃点泡菜啊？"

外婆是无法承受这件事的。听到我考上大学的消息时，外婆流下了欣慰的泪水，对我说："太好了，往后你可以过不同的人生了。"外婆始终以我为傲，只要为了我，做任何事都在所不惜。

我无法让外婆经历这种事。那时，我完完全全地理解了玛丽安的心情，才会痛哭失声。我一个人承受就够了，不能再让外婆面对这些。假装不知道吧，只要当作一切都没发生，事情就会好转。

*

那是二十岁的春天，我那天灌了不少酒。在此之前，我一直滴酒不沾，原因就在于妈妈。妈妈从十几岁就开始喝酒，随便就和村子里那些无可救药的男孩睡觉。直到现在，我依然不晓得自己的父亲是谁。八成是酒后乱性妈妈才怀孕的吧，我心想，至少这个传闻应该没说错。

我生怕自己也存有依赖酒精的基因，因此对喝酒深恶痛绝。我隐约觉得自己也同样是爱好酒精、酩酊大醉前绝不会放下酒杯的人，我认为酒会为自己带来不幸，但那天我却喝了酒，只因为心情实在太好了。

那天同样是李康贤的课，我发表了对于《简·爱》的见解，被夸奖了一番。李康贤虽是用原版书上课，但课堂上会有五分钟让学生自由发言并给予加分奖励。发言采用接力的方式，如果第一位以"《简·爱》的女性自主特质"为题发言，下一个人就要针对该意见发表其他看法，再下一个人也要根据上一个人的见解再发表看法。进大学后，我打定主意要在课业上奋发图强，所以我不错过任何可以加分的机会。那天，我发言的内容大致是这样：

"上一堂课，您批判简·爱最后终究投向了男性的怀抱的行为，但我想将焦点放在简·爱认为自己和罗切斯特之间的爱情与经济独立同等重要的部分。简·爱是会思索何种决定才能使自己的幸福最大化的角色，要是她仅从与罗切斯特的关系去思考自身，当初就不会离他而去，反倒会选择成为他的情妇，继续留在他身边。但简·爱认为那场恋爱与婚姻并不会让自己幸福，所以离开了他，直到她判断自己足以面对他才又回来。她诚实地面对自己的人生，也很主动积极，我认为，这位女性无畏眼前风雨并选择继续走下去的爱情是有价值的，足以获得支持。"

发完言后，李康贤说我看待世界的视角很独特。虽然只是客套话，但我心情很好，就因为那句称赞，一位自己不怎么喜欢的教授说了一句形式上的称赞，我那天才会忍不住喝了酒。一起上那堂课的同学们说要去喝酒时，我像简·爱一样主动加入，在酒馆坐下后，也率先将烧酒瓶拧开。

聚会很欢乐，贤圭也在场，也因为有他在，所以很多人参加。约莫过了两小时，起初十个人的聚餐增加到二十人，甚至连其他科系的学生都来参加了，有原先贤圭念英文系时的同学，也有国文系的同学跑来玩。后来，人数多到完全搞不清楚谁念哪个科系，我开始产生醉意。当大家转移阵地，跑到学校后面的小吃店续摊时，我已经酩酊大醉。我到现在也想不起来当时究竟有多少人在场。我的心情很好，好得不得了，好到甚至想跑到成为同系同学后、三月快过去也不曾寒暄的贞雅面前，对她说："我们重修旧好，好好相处吧。"

贞雅，不瞒你说，我一直都很想念你。虽然彼此的眼神不曾交会，但我很开心能和你进入同一个科系，我很想你。

贞雅，我好想你。

我醉得不省人事，当我睁开眼睛，发现自己全身赤裸，躺在破旧旅馆散发霉味的床上，身旁的男生同样光着身子在酣睡打呼。我吓坏了，想叫也叫不出来。我慢慢将身体移动到床边，不停颤抖，脑袋彻底空白，什么话都说不出来。

这时，男生醒了过来。

"你起来啦？"他笑着朝我伸出手，温柔地抚触我的脸庞，我的身体起了鸡皮疙瘩。

"这是怎么回事？"

"嗯？"男生一脸听不懂我在说什么的样子，看着我。

我快哭出来了，我什么都想不起来，半点记忆都没有！我搞不懂现在是什么情况。在这之前，我甚至不曾和男生牵过手。虽然曾有性欲高涨的时候，但对于性是怎么发生的却没有具体概念，只从别人口中大致听说，像是一开始会超级痛，要抬起臀部，眼睛要闭起来之类的。我知道的就这些了。我当时是刚满二十岁的少女，但至少我明确清楚一件事：刚才发生的事，或者说八成已经发生的事，也就是性行为，那是我应该承受的。在我想要发生，还有和我想要的人发生的才叫作性。我想跟这个人发生关系吗？我想不起来，什么都想不起来。

他缓缓开口问混乱不已正在呆坐的我："口渴吗？要不要给你水？"

要是我放声大哭，情况是否会有所不同？搞不好他就会了解到这件事并非出自我的意愿。但我极度震惊与混乱，想哭也哭不出来。是啊，我觉得好混乱，想尽快离开这个房间。我连忙穿上衣服，这时他走过来，搂住我的肩。

我甩开他的手，用颤抖的嗓音结结巴巴地说："这是怎么回事？"

"什么怎么回事？我们一起来的啊。"这时他垮下了脸，无言地从我身边走开。

他先是看了我一会儿，哭笑不得地咂了咂舌，接着拿起衣服，对我说："我还以为我们在搞暧昧。"

"什么？"我神色慌张地回答。

"不是你先主动的吗？"

"你说什么？"

我的声音彻底分叉，我好想将他那张脸狠狠撕下来，满腔怒火难以抑制。昨晚我喝醉了，醉到没有半点记忆，也就是说我已经不省人事了。无论我当时做了什么，都不是在正常状态下做出的选择。

我，绝对不可能会想和你发生关系。

就在我打算朝他大吼的刹那，他说："那个，我说了你不要不高兴。"

"什么？"

他正视着我说："你有被害妄想症。"

我觉得自己内心好像有什么"啪"地应声断裂，再也不想说任何话。

我朝门口走去，打开房门前对他说："希望你能当作一切都没发生。"

他坐在床上，边穿袜子边回答："没问题，反正两人都是酒后失误嘛。忘掉吧，要怪就怪酒精吧。"

我大步跑出房间，大口吸入空气，告诉自己什么事都没发生，我没碰到任何事，我不是受害者，谁都没必要知道这件事。这只是个失误，没错，是不小心犯的错误。闯下事与愿违的祸，不就叫失误吗？没错，这是失误，肯定是失误。可是，这并不是我闯的祸，我根本没有做任何选择啊，我所选择的就只有喝酒而已。我就像自己的母亲，像春子一样，干出了相同的事。不过就是一夜情，有什么好大声嚷嚷的？人生艰苦的事还多着呢，何必为了这点事大惊小怪？俗气，太俗气了。闭嘴，给我闭嘴。外婆，外婆！我该怎么办？外婆，我好害怕。我跑了起来。赶快回宿舍吧，我必须赶紧回到昨天那个上台发言的我。

我在巷子里狠狠摔倒，膝盖磨破了皮，鲜血汨汨流出。

我不是自愿的。但，假如我是呢？

假如我变得像春子一样，真的想得到什么呢？那这件事就烟消云散了吗？一夜情这种失误也在所难免嘛。只要这么想就会没事吗？那么，我不是出于自愿的事实，又该从何处获得救赎？

我从地上爬起来，一瘸一拐地走着，泪水不由自主地流下。万一他四处张扬，我又该怎么办？

我很害怕，终于忍不住痛哭失声。好想见到外婆。外婆吃那么多苦，可不是为了让她碰上这种事。这是我的错，我应该小心一点，是我的错，我犯下的错。

我整个人蜷缩在地上，我没办法承受这一切，内心只有一死了之的念头。就在那一刻，有人摸了摸我的头。我吓一大跳，抬起头，宥利站在我眼前。

"秀珍，你怎么了？发生什么事了吗？"

听到那轻柔的嗓音后，我彻底崩溃了，开始号啕大哭，肩膀也不住颤抖。宥利搂住我的肩膀，轻轻拍抚我的背。

读完《我们是马尔瓦尼一家》后，我开始成天窝在图书馆里读其他小说。我不停地寻找玛丽安以及有其他受害者出现的小说。那是宣泄的方式。就像吸毒者会去参加治疗团体，吐露自身经历，想办法克服毒瘾。我则是靠阅读有性侵受害者出现的小说。没必要向谁提起我的遭遇，也没必要听别人的故事而潸然落泪。小说有别于报道，它是有心的，可以真切感受到一个人的心。

我努力地记住那天的事。要是当天身体留下反抗的痕迹就好了，我确实好像在脚步踉跄时抓住了他的手臂，但我完全不晓得那个行为出于何种状况。难道是我诱惑了他？又或者只是将身体重量交给了他？我连自己对他说了什么都没有印象。我肯定是开心地大呼小叫了吧。但我不知道自己的用意是为了诱惑他，还是当时纯粹觉得好玩而已。

可以确定的是，我从来都没有想和他发生关系，更不曾有过半点对异性的好感，不可能因为喝酒就突然来个大转弯。要怪就怪酒精，真的吗？是这样吗？他说了，我以为我们在搞暧昧。为什么他会那样想？拜托让我想起一点事情吧，什么都好！

如果是那样，我就能加以反驳了。如果干脆让我记得所有事，我就能直截了当地回呛："我们并没有在搞暧昧，只是我喝醉了，才会稍微靠在你身上。你连喝醉酒和对方把身体靠在你身上都分不清楚吗？白痴！"

我很显然不是出于自愿，却无法证明。只要无法证明，就不会有人对此表示认同，这样的现实令她感到万分悲惨。我搜寻的结果是，大部分性侵只有在女性强烈反抗时才会被承认，也就是说，只有在暴力发生时才会被认定为性侵。这令我相当困惑，倘若只有在女人被毒打一顿、放声大叫、遭受恐吓及受到生命威胁下发生的性行为才能称为性侵，那我经历的就百分之百不是性侵。我并没有被打，也没有放声大叫，甚至没有遭受恐吓或觉得生命受威胁，只不过，我不是自愿的。我无法理解，为何非自愿的标准必须依加害者施暴的程度来判断。在我看来，认定性侵的标准很单纯，要区分根本易如反掌。

受害者非自愿时所发生的性行为，就是性侵。也就是像我一样，在醉得不省人事、毫无行为能力的状态下发生的性行为。我的情况属于准强奸。我的天啊，竟然在这个词汇前面加上"准"字？

我的案例难以证实，这也许是不幸中的大幸。万一我揭发他，下场可能不堪设想。我必须考虑到外婆，考虑自己的未来，我不希望被贴上性侵受害者的标签，不想成为宣称自己被性侵的人，不想任何事都无法证实，只能如堕雾中。

所以我才阅读小说。小说中有许多女性，有神志清醒时被强迫的女人，有意识不清的女人，有像我一样想装作若无其事的女人，还有无论如何都想克服的女人。假如读的是当事人的笔记或访谈，我肯定会崩溃，因为亲身经历的声音令我恐惧，进入虚构的故事中则相对轻松，没人会发觉我读了什么。虽然上课时会将小说与社会议题或伟大目标做联结，但我对那些东西压根儿不感兴趣。某个人的声音是重要的，只有一个人的声音存在，专属于自己的故事。故事中的愤怒是我的慰藉，憎恶则带给我喜悦。我在阅读那些"玛丽安"时，感到很平静。那些"玛丽安"是我能够理解的人物，因为可以减少我的孤单。至少，在读到她们遭受践踏的逼真画面之前是如此。

*

某一天，我发现了括号。

一堆括号。

（　　）……

有些小说把括号中的内容描写得极为传神逼真，而且为数还不少。有些小说巨细靡遗地述说如何拖着那个女人，如何让她心生恐惧，让她用何种姿势躺卧，又是如何令她屈服，最后在某种兴奋状态下做了（　　），详细程度令人触目惊心。

当然，小说并未拥护加害者，只是表现出加害者有多心狠手辣罢了。正是为了让大家看到加害者有多恶劣，才会将性侵的（　　）描绘得犹如在夜空中引爆的烟火般华丽。世界上怎么会有这么恶劣的家伙！竟然做出这么惨无人道的事，真是太狠毒了！那些传神而逼真的（　　），将坏人的恶行描写得更恶毒，加深了对坏人的憎恶情绪，也引发了报复心态。

由于它们明确展现出坏人有多坏，受害者又有多煎熬，使得前面那些施虐的具体（　　）成了具有美学与必要的场景。既然已经证明那个人是坏人，所以不要紧（这点场景无伤大雅）；既然已经表现出坏人是如何被塑造的，所以不要紧（因为已经揭露了，所以没关系）。

有一部小说，被性侵的女人用更心狠手辣的方式向男人复仇。在此之前，她遭受的众多（　　）简直到了令人作呕的程度。那些逼真细腻的（　　）！满怀憎恨的女人终究向男人报了仇，痛痛快快地加倍奉还，因此女人所遭遇的（　　）被遗忘了——真能忘记吗？受害者真能忘掉那些令人不寒而栗的（　　）吗？即便复仇成功，痛快地加倍奉还，就能说（　　）什么都不是了吗？

就连不曾经历（　）的秀珍都无法忘怀，这有可能发生吗？

我不禁心生疑惑。会不会是自己太敏感了？其实（　）根本不足为奇，我却替它们赋予了过多意义？难道真如那男人所言，是我有被害妄想症？有一天，我在某部小说中读到了男人诉说"我想强暴那个女人"的心声。那一刻，我中断阅读，停了下来。

仔细想想，过去曾听过相似的话：

"感觉就像被强暴一样。"

那是系里庆祝新生入学的聚会，我看到贞雅坐在对面，和河宥利坐在一起。因为河宥利叽叽喳喳说个没完，我的视线很自然地飘向那一边。宥利看起来很奇怪，但我只将注意力放在自己周围，满心兴奋期待。我原以为自己可能考不上，没想到顺利上榜了。我心想，终于来到大学了，我必须用功读书，赶快找到工作，把外婆接来安镇住，和外婆两人亲密和睦地生活。要是也能交到男朋友就好了，温柔又帅气的男朋友。我要找个对我好，我也对他很用心，深爱彼此、互相珍惜的人。

可能因为是新科系，系里聚会时能申请补助，教授们也很大手笔，点了很多酒和下酒菜。有其他系的学生跑来宣传社团，也有即将转系的学长加入。这还是我第一次遇到这么多人，觉得紧张又开心，但没有喝酒。

不知从哪一刻开始，我的座位附近变得热络喧闹。我旁边坐了大约五名男同学，在三位学长加入后，他们开始玩起拼酒游戏。我不想喝酒，所以没有参与，只在一旁看热闹。

一群男生和两个女生开始玩起游戏。游戏规则是将烧酒瓶盖上那圈铝线扭转成条状，再用指尖弹它，谁最先把它弄断就必须干杯。即便只是在一旁观赛也很好玩，因为每次都会栽在同一个人身上，是个决定转系的哲学系学长，只要瓶盖到了他手中，就算只是轻轻敲打，铝线也会应声断裂。

因为同样的情况已经连续发生三次了，大家都兴冲冲地凑过来，第四次又是相同结果，大家都忍不住鼓掌大笑，我也笑了。第五回合开始时，学长可能是想逗大家笑，手开始故意颤抖起来。气氛很愉快，当学长弹出指尖时，所有人都激动得大叫，因为铝线又断了。

学长用双手覆住脸大喊："靠！心情就像被阉割一样。"大家都笑了，学长接着又说："感觉就像被强暴了。"

大家又笑了，我也又笑了，我内心并没有感到不愉快。当时的气氛很搞笑，也不必为了这种话摆起脸孔。学长说这话不是想戏弄谁，只是脱口而出的玩笑话。其他女生听到那句话后也不禁笑了，大家都知道那不是真的被强暴的意思，只不过是随口丢出的一句话罢了。啊，直言不讳的比喻，越是不受限制、肆无忌惮，隐喻就越是美丽动人。我也跟着鼓掌叫好。

在书中读到"我想强暴那个女人"的心声时，我想起那天学长的声音。如今我不再能接受那种玩笑。怎么会有人把那当成玩笑？"感觉就像被强暴了。"性侵怎能成为笑点？小说不是使用了各种（　　）描写得极尽狠毒逼真吗？感觉就像被强暴？想要强暴女人？感觉自己就像被强暴？他们认为自己经历了那些（　　）吗？是想要做出那些（　　）中的行为吗？单凭烧酒瓶盖的尾端断掉这件事，根本无法和经历（　　）相提并论。性侵不是那么一回事，性侵是一连串的（　　）。为何有人可以轻易用性侵来开玩笑？又为何有人用众多（　　）来表现骇人的画面，轻易地拿它们来比喻？

为了寻找答案，我读了一本又一本小说，然后在某一刻顿悟。

这些人压根儿就不晓得被强暴是怎么回事。

小说中（　　）描写的并非受害者的痛苦，而是虐待的程度。虐待的逼真程度使得那些描写变得栩栩如生。之所以有令人目不忍睹的骇人场面，意味着读者并不懂得受害者的痛苦。他们当然明白啦，明白这是不对的，才把坏人描写得更坏，为了大加挞伐坏人，才使用铺天盖地的（　　）。

但是，他们真的明白吗？当真明白身体的某个部位被强行扯开、撕裂时的那种物理感觉吗？当真明白身体最为柔软敏感的部位受伤时的痛苦吗？在（　　）之后，只出现了"好痛"一句描述，但那并不是忍受几天撒尿时的疼痛感就能结束的体验。

自从被性侵后，我便持续被痛苦折磨。因为下身红肿，无论坐着或走路都疼痛不已，而那正是那个男的恣意对我的身体（　　）的缘故。我甚至没想过要去医院。在此之前，我连妇产科的周围都不曾靠近过。我没想过有关怀孕的事，也没想过自己是会怀孕的。

每天，阴道内侧出现撕裂般的间歇性疼痛，我没有去医院，以为这就像手上的抓痕般很快就会痊愈。疼痛持续超过三周，我终于去了一趟医院，医生诊断我阴道内侧严重红肿与发炎。为防万一，我做了一次超声波检查，得知自己怀孕的事实。动完手术后，我依然继续去医院，因为还是很痛。外科医师告诉我没有任何异常，只开了止痛药就要我回去，但我依旧觉得痛，下身持续有刺痛感，感觉子宫内侧的肉块正在掉落般疼痛——下身好像要完全消失的松脱感，身体好像成了被撕裂的白纸。

倘若真的发生了（　　）所描写的事件，绝对不可能单凭一句"好痛"就了结，因为后头会有比（　　）更残忍的痛苦接踵而至。强暴就是这么回事。

我还领悟到另一个事实。

在描写中，加害者同样遭到某人的践踏与压迫，他们遭受了与（　　）相似的欺压。某篇导读曾说，暴力的美学、陷入暴力的连锁效应的悲剧人物很立体，去理解前后冷不防冒出来、宛如雪人般的（　　）主体，是一件很美的事。不，我一点都不认为有何美感可言，一点都不觉得谁具有悲剧色彩。倘若被他人性侵的感觉是用这种方式运作，倘若那是描写暴力的唯一之道，被（　　）梦魇纠缠的人又该如何自处？难道我也要去性侵某个人吗？

我开始痛恨小说，痛恨那些清晰可见的悲剧与满目疮痍的心灵。我竭力压抑、遍寻不着出口的心终于溃堤，却仍无法停止阅读小说。从某一刻开始，我也同样被暴力耳濡目染，我阅读着（　　），想象自己站在加害者的位置，将某个男人压在地面，尽情对他施加她读过的所有（　　），她想疯狂地强暴他。

　　到了图书馆闭馆时间，我会从座位上起身，但没有回宿舍，而是去宥利的家。宥利会安慰无法入睡、不停啜泣的我，一次又一次轻拍我的肩膀。

＊

　　这些全是过去的事了。

　　金贞雅离去后，我一个人跑到咖啡厅的后巷，大口吸入空气，脑海不断浮现陈年往事。

　　前年，外婆走了。结婚时，我对贤圭说想将外婆接过来一起住，贤圭也很爽快地答应。贤圭说，父母也一定会允许。"允许"这个词卡在秀珍心中。想和我外婆一起住，还需要别人允许吗？贤圭也不是家中的长男，为什么还要向父母请示，征求他们的同意？但我没有多说什么，我认为反正贤圭的爸妈应该也不太乐意。我认为，只要是生儿子的父母，理当都会这么想。我根本就没经历过婚姻生活，我为自己的理所当然感到神奇。必须得到公婆允许的认知，仿佛天生就内建在我的基因里，不过后来根本没有必要向公婆提起，因为外婆主动推辞了。

外婆说，没替外孙女准备嫁妆就已经够内疚了，没必要再拉她一个老人家进门。

外婆非常固执，她认为自己会给我带来麻烦。我一个出身贫困的孩子，往后显然必须看别人眼色过活，要是自己再插一脚，我会过得更辛苦。无论我如何又哭又闹也拿外婆没办法，甚至连贤圭都亲自登门拜访了，外婆仍固执地摇头。

我哽咽着说："他们不是那种人，才不会像外婆这么老古板！"

"秀珍啊，你别轻易相信人，也别相信你老公。现在他很珍惜你，一定会替你做任何事，但人绝对不会忘记自己付出了什么，不会忘记自己给予的好意，他们并不在乎对方的感受。你看村里那些人，认为外婆是在工作的就只有你和我，大家都认为他们是在帮助我们。无论我们怎么想，那都是在欠人情。你想带着亏欠的心情和那人过一辈子吗？他越是认为自己为你付出许多，就越会认为'要求这点事应该无所谓吧'，但谁都不晓得'这点事'指的会是什么。贤圭确实是个好人，外婆也知道，他有可能不会转性变样，但人生总有个万一。婚姻就如同天平，现在你的秤上空无一物，起初就是以严重倾斜的角度开始的，没有必要在上头添加重量。世界已然变迁，女人不一样了，外婆也明白，但那说的是能够承受世界变化、有能力与背景的女人，外婆并不属于其中。我没有打算托别人的福过日子，你全都拿去吧，你从一开始就不要亏欠任何人。"

尽管如此，我仍暗自决定往后要经常去看外婆，可是每当要去看外婆时，就会碰上其他事情。直到某一刻，我不得不承认，外婆并不是自己的第一顺位。碰到婆家有活动、夫妻聚会、文化活动计划时，我都把去看外婆的事往后延，反正随时都可以见到，就代表现在不去也无所谓。

书店咖啡厅开张后，我更忙碌了。我将咖啡厅规划成大学研究人员和学生可以自由谈话和使用的场所，书柜放满种类多元的书籍，从大众小说到学术书籍应有尽有。因为房屋是登记在丈夫名下的，用不着担心月租，但我想超越刚好收支平衡的程度，想成为大学街上名气响亮的招牌，想靠咖啡的好滋味打造口碑、提高营业额，同时也希望听到大家说这里比图书馆更舒适。

从某种程度来说，这是自卑感使然。婚后，我数次错过了成为图书馆馆员的机会，等我回过神来，发现大把时光已经从手中流逝，读书已是心有余而力不足。我不想别人说自己靠老公辛苦赚钱来吃喝玩乐，想证明自己是有能力的女人，但事情不如想象中容易。这并不是说我太小看咖啡厅的营运，而是这件事要比我原先设想得更辛苦。我不分昼夜地忙碌，尽管店面位于大学街的黄金地段，但做生意不容易，光让店面稳定步入轨道就耗时快五年。

在这段时间，能去看外婆的时间少之又少，无论是逢年过节或年末，外婆都没半句怨言，到头来，我最常陪伴外婆的时期是外婆在医院的时候。外婆脑中风晕倒，在医院卧床将近一年，我花了许多时间陪在处于昏迷状态的外婆身边。

凝望着外婆皱纹满布的脸庞，我总会想起那句话：

"去过你想要的生活吧，不要亏欠别人，自由自在地过日子吧。"

每当听到这句话时，我忍不住就哭了。我不是在气外婆，而是外婆说出了她内心企盼许久的话，那是严重倾斜已久的轴心的重量。我也知道，贤圭的爸妈对我并不满意，若不是贤圭坚持，我们恐怕结不了婚。

"秀珍与她的出身截然不同。"贤圭如此说服父母。

我当然也晓得，自己是连亲生父亲是谁都不晓得的孩子，妈妈离家出走后，我便入了外公家户籍，被当成女儿抚养。我也认同自己有缺陷，我无法说出妈妈是什么样的人、个性如何，也不知道爸爸是谁。你爸爸是从事什么行业？妈妈在做什么？我没有一次能够回答那些问题。

"我爸妈过世了。"我总是如此回答。

这不是事实吗？我是外婆养大的。我的孩子，我的宝贝孩子，秀珍小公主。我亲爱的外婆。外婆很爱我，毫不保留地爱我。我只要有外婆的爱就够了，大家却老是提起我根本就不存在的父母，视我的身世为一种问题。外婆给了我满满的关爱，为什么就没有人过问呢？

"听说,女儿会随母亲的命呢。""你说她妈妈是谁?"……

贤圭大概就是最好的证明。只要提到杨秀珍,与她相关的一切都一文不值。但我并非如此,我和妈妈不同,也和外婆不同,因为我遇见了像贤圭这样的男人。

跨越结婚的障碍后,我对自己的身世有了深刻体悟,也接受了这件事。虽然外婆毫不保留地爱着我,我也深爱外婆,但外婆同时也是个沉重的包袱。只要待在外婆身边,我搞不好就永远无法翻身成为完全的"他人",我极度渴望成为的"他人"——任谁都不能怠慢轻视或加以嘲弄的人,绝对不会被性侵的人。

我从不曾说出埋怨外婆的话,但事实上内心无时无刻不在埋怨。我认为大家之所以用有色眼光看待自己,且自己只能默默接受,搞不好就是因为自己的出身。不对,这就是最终原因。我曾是个大家怎么对我都无所谓的人,就算喝了酒、碰了我又如何?反正我是春子的女儿嘛,因为我是亏欠全世界的人!我暗暗埋怨外婆。也因此,当外婆要我自由地过日子时,我才会忍不住哭出来。外婆辞世时我也哭了,感觉自己好像真的放下了包袱。

外婆,从去年开始我便这么想:与其再次被性侵,不如干脆成为性侵他人的人吧。

我就是这么想的。

＊

无论在学校的哪个角落，我都会看到那个男生。只要看到有女同学开心地跟他聊天，我就很想冲过去告诫对方小心，这人搞不好会灌醉你，把你拖到床上去，你会全身赤裸地醒来，怨恨曾经相信某人的自己。我很想这么告诉她们，但我只是每天一声不吭地去图书馆，因为那个人也守口如瓶，什么都没说。他好像真的认为这是一场"意外"，将我彻底抛到脑后。然后，我怀孕了。

这怎么可能？

当然有可能。

因为我是个女人。仅此一次的事件以极低的概率贯穿了我的身体，然后扬长而去。我没想到自己身上孕育着一个生命。此前，我怀有的只有记忆——想遗忘、想当作没发生过、想全然抹去的记忆。

动手术前，宥利曾经问我，是否会告诉他自己怀孕的事，我回答不会。那个男人没有任何权利，事情是在我毫无意识的状态下发生，我不懂为什么动手术需要征求他的同意。这是我的身体，也是我的选择。我并不觉得悲伤，一点也不。

孩子？生命？爱？去你们的。

我确实感到痛苦，但我并不后悔堕胎，倘若时间能倒转，我仍会做出相同选择。但我真的很痛苦，即便想当作一切都没发生，过去也不会真的消失。我觉得身体很不舒服，经常噩梦连连、恶心作呕，体重一下子掉了十公斤。

我怎样都无法理解，明明自己没有做错事，为何罪恶感却缠着自己不放。每当我感到混乱时，总会忍不住痛哭失声。

这时，宥利就会握住我的手。

宥利会轻轻吟诵自己创作的诗给我听，她的文字透明而温暖。谣传宥利每天都和男人上床，但这并非事实。虽然她确实在这方面经验丰富，但也仅止于此。宥利独处的时间反倒更多，她会利用这些时间写写文章、日记和诗。宥利的诗中会出现死人，出现迷失方向的幼猫。宥利这样写着：

我是被丢掉的皮夹，被硬塞进衣柜后彻底被遗忘的老旧衬衫 / 是被丢弃在路边的巧克力包装纸 / 我饮下滚烫的牛奶，我持续哼唱走音的曲调。

宥利很喜欢写文章的作业，并想把这件事做好。她知道身边的人对自己指指点点，说她四处鬼混，但宥利发自内心想把文章写好，只是这样而已。宥利也知道自己给别人造成压力、误会远比真相更多，所以才寄情于文章。

文字，是宥利盛放内心的地方，但她同时又为此感到羞愧，才会在撕破的色纸、收据的角落、书柜的背面或一面空白的废

秀珍 ｜ 189

纸上写文章，然后丢掉。我总会暗地细读那些文字，宥利总要我别看，又任由我去。我察觉宥利的迫切，她希望有人能阅读自己的内心，希望能打动某人，希望自己说的话可以被某人理解。也许就是因为这样，宥利才会那么认真写作业，无论是读后感或自述的散文都煞费苦心——这次会打动某人吧？下次必定能打动某人吧？但她连那篇文章要往哪儿去都不晓得。宥利总是用心写完文章后就撒手不管了，就像她任由男人们去想象自己。

某一次，我问她："你不觉得冤枉吗？"

我俩在棉被中凝视着彼此。

"冤枉啊。"宥利回答。

"那你为什么不跟大家说清楚？"

宥利轻轻抚摸我的脸庞："大家只会相信自己喜欢的人说的话啊。"

我又问："你曾经拒绝过男生吗？"

"嗯。"

"他们怎么说？"

宥利又笑了："他们不信。"

"你多说几次就好了，要对他们发脾气。"

"我试过了。"宥利轻轻握住我的手指，"他们从不觉得我在发脾气，反倒觉得我在欲擒故纵。"

我想了一下，小心翼翼地开口："你碰到过什么可怕的事吗？

被迫的。"

"没有，没有碰过。"

"如果你没有明确拒绝，哪天也许就会碰上。"

那时，宥利一脸哀伤地望着我："没关系，没有那么恶劣的男人。而且在得到自己想要的东西前，男人都非常温柔多情。我就喜欢这点。"

我觉得很郁闷："可是一旦到手，他们就弃你如敝屣了啊。"

"嗯，"宥利稍微皱了皱眉，"所以我才会再去找其他男人交往啊。"

宥利露出笑容，我却笑不出来。

宥利犹豫了一会儿，说："没关系，我讨厌搞得太复杂。"

"嗯。"

"可是……"

"嗯？"

"为什么大家都无法爱我一辈子呢？"

我一句话也没说，我没有对宥利说的是：那是因为你看起来太寂寞，仿佛随时都会敞开心房，让他们可以轻易靠近，但得知你深不见底的寂寞后，就会发现自己无法承受。

"对不起。"宥利说。

"嗯？"

"我说了这么没出息的话，你一定很失望吧？"

"别说了。"

"嗯。"

"不是啦。"我抚摸着宥利的小指，"我是要你别道歉。"

宥利没有再说什么，我闭上双眼。我无法直视宥利的眼睛，虽然宥利温柔地安慰我，用温热的手轻抚我，但那只手早已伤痕累累。我发自真心地感谢宥利，但这就是全部了。宥利又靠近了我一些，靠着彼此的额头入睡。那一天，在进入梦乡的同时，我难得想起了贞雅，我似乎稍稍理解了，为何当初贞雅会疏远自己。

*

那天，我同样窝在图书馆，第一学期的课都上完了，多出很多闲暇时间。我读了一本令人作呕的小说，是一个男人将三个女人囚禁在仓库的故事。女人们没有逃亡的打算，反倒在仓库里建立起她们之间的友情。她们拥抱彼此，抚慰对方的身体，在细软的呢喃中建立属于她们的世界。"她们并不认为自己被囚禁了。"小说这样的字句描绘得就好像女人的身体是距离暴力最遥远的神圣之物。

男人回来时，打破了那一刻的和平。他用脚猛力踹向内心平静的她们，直到她们求饶为止。他在尽情发泄完后，关上仓库回去了，女人们就会再次抚触彼此的身体。我看到这个段落时不禁笑了，但真正令我觉得好笑的场面在这后头。小说的结局，男人在仓库外某个巷弄被好几个男人毫不留情地殴打。男人的肋骨断裂，双腿也骨折了。当时他的脑袋想的就只有"好想赶快回到那座仓库"。我又忍不住笑了出来，一种不寻常的情绪从内心咕噜咕噜沸腾涌上，热泪好像随时会夺眶而出。

我深深吸一口气，走到图书馆外。下午两点有一场知名译者的暑期特别演讲，现在已经四点了，我对那种演讲丝毫不感兴趣，可是连接了三通电话，要我参加后续的聚会，只好心不甘情不愿地迈开步伐。

那位男性译者是在日本获得翻译文学奖的知名人物，故乡就在安镇。我抵达后，发现聚会规模比想象中更浩大，只有系里领奖学金的学生与成绩名列前茅的学生才被召集到场。我是领奖学金的学生，所以才被叫来。

贞雅在场，贤圭也在，那男生也在。

我并不想坐在那人附近，但没有别的座位了，逼不得已只能坐在那男生对面。那个座位碰巧就在译者旁边，大家可能觉得很有压力，所以只有那个座位空着。男生和我互相装作不认识，而男生恰好坐在贤圭旁边。

我环视四周，突然对贤圭升起一把无名火。刘贤圭就坐在译者和教授旁边，他非常清楚自己能享有哪些好处。头痛瞬间向我袭来，全身痛得就像被拳打脚踢了一顿，我将背靠在椅子上，目光扫了一圈。除了贤圭、那个男生和坐在对面的两名男同学，其他都是女同学。贞雅用闪闪发亮的崇拜眼神望着译者，译者即便意识到投射在自己身上的视线，也没有朝那侧瞥一眼。译者和教授开起无聊至极的玩笑，接着译者说起同是安镇人的前女友。

"她突然某一天就狠狠地甩了我，我的人生中再也没有过那种试炼了。"译者说那个女生很性感，"在场有许多女同学，这样表达可能不太文雅，不过我相信大家会用文学的角度来看待。就像我说的，她是个同时钓好几个男人的'骚货'。"

女生们都笑了。教授点着头，替译者斟满酒。

"没想到我在日本得奖后没多久，这女生就主动跟我联系。我真的吓了一大跳，她可不会主动联系被自己甩掉的男生。男同学都懂吧？毕竟她是我的初恋，所以我推掉了所有事情，约好要见面。说到这里，当时我们也是在安镇见面的呢。看到那女生的背影，心情真的很微妙，我缓缓走到她面前，直到坐下来前都没有看她的脸，满腔的期待与好奇。我先喝了一口水，慢慢抬起头，和她对上视线……"

译者爆笑出声。

"怎么样？"教授问。

"不瞒你们说，我失望到了极点，她也太老了吧！啊，这么说好像不太礼貌，各位女同学可以理解吧？我的意思是，我经常会想象那个女生上了年纪后会变得如何，但她的样子和我想象中天差地远，身形丰腴了许多，说实在的，老得有点不忍心看。不过，大家知道更惊人的是什么吗？"

没有人搭腔，译者径自说了下去。

"她希望我给她找份工作，再微不足道的工作都可以，只要让她能在翻译这条路上跨出第一步。啊，当时真是百感交集，那女生与我交往时对我颐指气使，现在却如此卑躬屈膝。"

译者再次无法克制地大笑，一口气干掉了教授替他斟的酒，这才第一次以目光扫视在座的女同学，用戏谑的口吻说："所以啊，你们要好好保养。"

听到那句话，金贞雅是第一个笑出声的，坐在旁边的女孩们也跟着笑了。我又开始觉得胃不舒服，就像刚从医院走出来时一样，下腹部阵阵抽痛。大家都笑成一团，那男的也笑了，而且笑得最大声。就在那一刻——

"不好意思，我们迟到了。"

李康贤讲师和英文系教授一起走了进来。那位英文系唯一的女教授是李康贤的指导教授，也是这次译者讲座的主办人。我和其他学生纷纷站起来迎接教授，接着主动地移动座位。教授们和译者坐在一起，我坐到贤圭旁边。

英文系教授拍了拍译者的肩："这么早就在替学生上课啦？"

倘若我事先知道译者下学期会在安镇大学开课，数年后会被聘为英文系副教授，就会明白那是什么状况。如果我还知道英文系教授是译者的大学学姐，就能把整个情势看得更透彻。那个场合是以聘用译者当教授为前提，为了试探彼此利益关系所安排的。尽管那天，涉世未深的我不懂成人间的利害关系，但我倒是领悟了一件重要的事，而且随着岁月流逝，我发现自己当天的领悟和教授之间的拼图恰好吻合。

"你们在聊什么？"李康贤问。

译者回答："只是随便闲聊，我正打算聊这次出版的书呢，您来得真是时候。"

英文系教授边点头边笑着说："当然啦，您一定聊了对学生们很有帮助的话题。"

我很想回家，我很想念宥利。

此时，那男生对贤圭说："大哥，要不要再喝一杯？"

"再看看吧。"贤圭回答。

那男生装出哀怨的口吻："哎哟，大哥，别这么扫兴，再喝一杯啦。"

贤圭笑了，我转头望向那边，看到那男生双手恭敬地握着烧酒瓶替贤圭斟酒。一双手规矩地叠放着，仿佛在表达如果没有贤圭允许，在某种程度上绝对不会强迫他。

我出神地望着贤圭的侧脸，看到他那张好看又善良的脸孔，瞬间领悟了一件事。

是啊，你绝对不敢随便脱掉这人的衣服吧。

我想起先前读的小说，脑海中尽是关于那个被一群男人拳打脚踢、渴望回到仓库的男人的描写。我要回去，我会回去的，回到我可以为所欲为的地方。不过，那只是男人脑中的想象罢了。最后，他在那些人面前下跪求饶。

饶了我吧。

拜托别再打了。

拜托请饶我一命。

之前怎么没发现呢？那男生总是紧贴在贤圭身旁，黏在他的朋友旁边，主动替和贤圭要好的女生背背包，请她们喝咖啡。而此时此刻，他一边替贤圭斟酒，劝贤圭再多喝一杯，一边侧眼观察译者和教授，竖耳细听他们的谈话。包括他们在聊什么，对哪些学生有正面评价，这所学校往后会重点培育哪些学生，全都贪婪地装入耳朵。怎么先前没发现呢？我到目前为止所感受的情绪并不是罪恶感，也不是因为动手术才痛苦，更不是那天晚上自己失误后才萌生的羞愧感。

是憎恨。

或者说失误？是啊，我可以退一万步，说那是失误。

只不过，为什么是我？

你可以对我的身体犯错，然后心安理得地拍拍屁股走人，但我的身体为何不能以失误了结？为什么我的身体会生病？为什么我的身体要因你的失误而四分五裂、扭曲变形？我无法按捺心中的怒火。我生了病，担心会有风声传出去，又不敢对任何人说，只能痛苦地独自承受，你却说这是失误？但你终究不敢在贤圭这样的男人面前失误吧？因为你认为他是不能招惹的人。面对译者或那位教授，你也都会安分地坐着，表现得像个善良乖巧的好学生。你的脑袋这时又在想什么呢？想回到那座即便你尽情失误也无所谓的仓库吗？

……那座仓库里面是我吗？

我想狠狠地践踏你，我心想，我要让你跪在我面前，不敢再正眼看我，想让你变得满身疮痍，连一根手指都无法碰我。

我无法克制内心的憎恨。要怎么做才能把你压得死死的？你所服从的、认为自己绝对不能招惹的究竟是什么？

我缓缓转过头，我看见贤圭的侧脸，那张好看又善良的脸。

这就是你害怕的。

只要占有这个人就行了。此时，贤圭正好朝我的方向转过来，发现我直勾勾地盯着自己，顿时有些惊慌。我没有移开视线，我想得到这个男人，所以目不转睛地盯着那张露出恐惧的脸。好，就按照你的规则走吧，用最符合男人的方法，比男人更像男人的方法。

是啊，只要不是女人就能解决了。

我会用那个方法狠狠践踏你。

就在那一刻，我下腹部的疼痛消失得无影无踪，我用前所未有的期待表情怔怔地看着在座的人，盯着男人那双再次恭敬地举到贤圭酒杯上方的手，盯着金东熙那看起来十分柔弱的白皙手背。光是想象折断那只手，我的内心就感到无限平静。

*

那都是过去的事了。

自从我和贤圭开始交往，东熙再也不敢正眼看她，只像个罪人般不时地偷瞄我。先前，东熙偶尔会看着我并露出意味深长的微笑，但现在对待我就像不认识的人。

我用自己的方式折磨着东熙，不仅将东熙排除在外，只找跟他要好的那些男生玩，贤圭要去见东熙时我就会制造些紧急状况，让他无法赴约，甚至将贤圭的朋友介绍给东熙心仪的女同学。光是这些还无法平息我的怒气，这些不过是幼稚的恶作剧，连报仇都称不上。

就在那时，金贞雅造谣说东熙和我好像在交往。

起初我慌了手脚。金贞雅怎么会知道，哪里露馅儿了吗？我害怕得直打战。

我确实在巴士站附近的咖啡厅见到了东熙，但我们并非事先约好。那天我正好要回八贤，艳阳高照，天气很炎热，我和贤圭才刚开始恋爱。当时贤圭在上英文补习班，发消息说结束后会到巴士站送我，要我在那里等。我很早就到了，距离出发还有很充裕的时间，于是我决定喝杯咖啡等他，走进咖啡厅却发现金东熙在里头。

我装作没看到。

之前碰面时都有别人在场，两人单独撞见还是第一次。虽然我表面装作没事，心却狂跳不已，担心他会突然跟自己讲话。最近，我听贤圭说东熙请他打听行政室有无打工后，从中拦阻了这件事。我当然没有直截了当地要贤圭别帮东熙，只是在听到这件事时，要他帮忙别的同学而已。

　　"不瞒你说，我另有想介绍的人选……"我含糊其词。

　　那是比东熙的状况更不好、平时身兼两份餐厅工作的同学。我从头到尾都没有说一句"你别帮东熙"，而是很努力地说明那位同学的处境有多困难。经过一番深思熟虑，贤圭决定为我的同学与行政室牵线，并告诉东熙下次会替他介绍其他兼职。最近，我发觉东熙很少参加系里的活动。

　　要是他突然做出伤害我的举动怎么办？

　　我的心脏扑通跳个不停，买完咖啡后就走出咖啡厅，接着发了条消息问贤圭何时会到。我明显感觉到东熙的视线固定在自己身上，便当场落荒而逃。仅此而已。

　　贞雅居然看到了这一幕？

　　我不停颤抖，要是弄得人尽皆知怎么办？但我很快就稳住阵脚，干脆就顺水推舟吧！我如今已经是不一样的"他人"了，没必要看金东熙或金贞雅的眼色。我静静等待着，直到有人告诉我那个谣言时，我哭了出来。

　　我声泪俱下，对朋友们说在其他地方听到了更可怕的谣言。

　　"杨秀珍是和金东熙交往，不是和刘贤圭。"

"不是啦，杨秀珍和金东熙只是'炮友'。"

"杨秀珍脚踏两条船，周旋在刘贤圭和金东熙之间。"

谣言愈演愈烈，我觉得正中下怀。我可以完美模仿受害者的一举一动，因为我比任何人都了解受害者的心情。我巧妙地散播了关于自己的谣言，在荒谬的小道消息中，暗地将自己说成遭东熙欺压的人。虽然东熙确实遭到误解，但我想让大家认为他就是这种人。

这种谣言对女生而言无疑是致命伤，正因深知这点，我才会亲自跳进火坑。我从中操控，让这种恶劣至极的谣言回到散播谣言的人，也就是金贞雅身上。我还提到自己和贞雅是在同一个村子长大的。

"贞雅他们家过得比我家宽裕多了，她的爸妈不是坏人，虽然偶尔会说我妈的坏话……"

这样就够了。大家都相信贞雅是嫉妒我才会散播那种谣言。贞雅大概从来都没有像那时候那样受到众人瞩目。她穿着俗气，讲话又态度很差。大家讲得好像多了解贞雅，这都是我有意无意地泄露一些消息，让大家觉得自己对贞雅了如指掌。

"小学时，她也是霸凌我的人之一，当时真的很难过。"谣言很自然地传开了。

"金贞雅真的很糟糕。""金贞雅是说谎精。""金贞雅是大嘴巴。"

东熙则是一声不吭地继续过日子。他是个聪明人，内心八成很郁闷，恨不得在大家面前大声说"我和杨秀珍睡过"吧。但在这种情况下，东熙口中的真相会成为对我的二度攻击，没有人会认真看待他的说辞。假如我没有和贤圭交往，没有成为核心人物，那个真相会彻底揭露我的真面目，我会因此遭到众人的挞伐唾弃。但这没有发生。万一东熙敢提到有关我的只言片语，我也有信心能将他踩个粉碎。倘若那事真的发生，我打算指控东熙说谎，或干脆举发他强暴她的事实。无论哪一种，我都占上风。

我身边有贤圭，还有大家为我掩护。我在排挤、无视东熙时，彻底遵循了男人的规则，需要大家的保护时又再度变回女人；想要寻求他人帮助、哭诉委屈时，没有什么比女人的眼泪更有效。想渗透人们的内心，让自己看起来像是脆弱需要保护的人，只要摆出一张楚楚可怜的脸，泪眼婆婆地说担心有人会害自己，大家就会自动敞开心房。尤其是男人，他们会极力表现自己和其他愚昧幼稚的男人不同，因此听到女人的请求时会二话不说地点头。贞雅与东熙就这样被整个系排挤，他却认为整件事落幕了。

后来，我听说东熙和贞雅在交往，看见东熙温柔地摸了摸贞雅的肩，看见贞雅笑着走向东熙。

大家都说："真是物以类聚。"

我说我才不在乎，管他们怎么样。

为什么是我？

你可以轻易对我失误，但对金贞雅就不是吗？为什么你对待金贞雅的态度就不同？我内心再次充满憎恨。那时我终于明白了，这个心结无法轻易被解开。我的心已经开始腐烂，散发恶臭，我的心被吞噬了。我恨贞雅，比任何人都恨。我不断说贞雅的坏话。坏女人！说谎精！

　　那年，贞雅离开安镇，东熙入伍了，还有，宥利死了。

　　这些全是过去的事了。

＊

　　"欢迎光临。"

　　兼职生有礼貌地朝门口打招呼。站在收银台后、沉浸于回忆中的我这才回过神来。时间已经过了很久，我喝了口冰水，丈夫说的话一直在脑中盘旋——"你一点都没变。"没错，我没变，内心依然像当年一样持续在腐烂。

　　不过，丈夫打算离开我吗？刚和贤圭交往时，我再三提防着，转眼间已过了十二个年头。贤圭是个好丈夫，我很难不去爱那样的人。我终于明白，有件事要比贤圭似乎怀有什么可怕秘密更令我恐惧——彻底失去他。真相这种玩意儿有什么用吗？不过是露骨地展现我有多丑陋罢了。往后也像现在一样，装作什么事都没发生不就好了吗？

　　客人站在收银台前，我缓缓抬起头，看到一张熟悉的脸。

最近之所以会满脑子都是不愿想起的事，全都是因为这张脸，满腹委屈的脸。你从小就一直是这样，但对我而言，你是不存在的，压根儿就没有出现过。

这时，贞雅开口："河宥利的日记，在你手上吧？"

贞雅

"不要和春子的女儿玩在一起，那个孩子品行不佳。"

奶奶经常这么唠叨，这是我小时候最讨厌听到的。讲其他的都无所谓，即便说她不打扫、成绩退步也没关系，但我就是讨厌奶奶说秀珍的坏话。只要听到有人诋毁秀珍，就会觉得那是在骂自己。

"什么意思啊？"秀珍盯着我说。

刚开始我只打算试探一下口风。丹娥反对我来找秀珍，觉得我应该先去咨商中心，但无论怎么想，我都认为应该先找到日记。其实，也是因为我很想去找秀珍。我想见她，想知道当我提起日记时，她会作何反应。

现在，秀珍看我的眼神变了，她肯定知道日记的存在。我决定乘胜追击。

"我从宥利的房东那儿听说了，听说你帮忙整理过宥利的遗物，房东阿姨说你拿走了日记。"

秀珍皱了皱眉："那又怎样？"

果然，上钩了。

"我有件事想确认，让我看一下宥利的日记。"

"我没有那种东西。"

秀珍从收银台后转身，吩咐兼职生帮忙看店后径直走到咖啡厅后面。她什么都没对我说，一副无论我在不在都无所谓的态度。我按捺住怒气，一直以来都被秀珍牵着鼻子走，现在不想再任由她摆布。我跟着秀珍走到外面。打开门的那一刻，我有点吓到了，因为眼前延展出多条如蜘蛛丝般通往其他建筑物的巷子，顿时升起一股熟悉感——学生时代的聚餐经常是在这种巷子附近的餐厅里。位于僻静角落的餐厅价格低廉，又很有人情味，很适合举办聚会。

但这条巷子看起来格外眼熟，好像在哪儿见过。

眼下要在意的不是这个。我抓住秀珍的肩膀，她甩掉我的手，我很冷静地问："你到底为什么这么生气？"

秀珍将双手交叉于胸前，依然盯着我："你又为什么突然对宥利这么感兴趣？你跟她又不熟。"

我凝视秀珍的双眼，那再熟悉不过的眼神。好，老实说出来吧。

我回答："有个人一直在折磨宥利。"

"所以呢？"

"里头一定有写那个人的事。"

秀珍不禁失笑："你现在是在做什么啊？"

我屏住气，又说了一次："别这样，给我看吧，我知道日记在你手上。"

　　"我没有那种东西。"秀珍的口气强硬，"你真的很可笑，到底在做什么啊？难道河宥利半夜出现在你梦中，说自己很冤枉，要你替她洗刷冤屈吗？"

　　"嗯，她要我帮她洗刷冤屈，说自己冤枉得要命。"我的语气冰冷。

　　秀珍闭上了嘴。

　　"你老公和河宥利的谣言不是我传的。"我斩钉截铁地补充。

　　"好，我知道了。我不是说过了，这两件事有什么关系？我知道了！"秀珍忍不住大叫，"我已经知道了！"

　　我的情绪也跟着被挑起，提高了音量："你发什么火啊？反正又不是事实，有必要这样大动肝火吗？既然没什么，为什么不给我看？你算老几？河宥利把它当成遗物留给你了吗？分明就没有。倒是你跟河宥利是什么关系，你们难道是朋友？"

　　秀珍再度闭上嘴。我不会退让的。

　　"给我看，我知道日记在你手上。要不然我就把这件事说出去，向警察举发有可疑案件，还会到处去宣传，因为我就是你说的那种人！我会让你见识我的厉害。我会告诉大家，你做贼心虚，把宥利的遗物藏起来。理由很简单，因为当年贤圭学长和宥利的传闻是事实，要不然你们何必特地跑去打扫宥利家，大家不觉得奇怪吗？我会说出去的，说你害怕大家知道传闻是事实，才会故意把东西藏起来！"

"说话小心点。"

"那就给我看啊。"我深吸一口气，"她被欺负了！我一看就知道。那上头有数字吧？我知道那是什么意思。当然，我也有可能猜错……总之，让我确认一下不就好了？只要给我看，这件事就能了结！要是你真觉得无所谓，就坦荡荡地拿出来啊。"

我自顾自地把装在脑袋里的话全都一吐为快，"你不也是女人吗？碰到这种事，女人之间就该互相理解！人跟人之间不该这样，怎能说她是'吸尘器'？对待一个人，至少该有好一点的称呼吧！"

秀珍松开交叉的双臂，向我走近一步："我不给。"说完便转身，往前走去。

我实在忍无可忍，用力握住自己的前臂握到都痛了，才稍稍觉得可以忍受眼下这个状况了。不要紧，还可以再忍耐一下。秀珍往前走了大概五步，突然转身朝我走来。

她走到我面前，和我四目相交，粗鲁地朝我大吼："疯女人。"

"什么？"

"你究竟在这里做什么？"

我还来不及回话，秀珍又补了一枪。

"人跟人之间？话说得可真好听，适可而止吧！少拿死去的人说嘴！你以为自己现在成了什么了不起的人物吗？上了报纸、接受采访，就以为自己是女权斗士啊？别让人笑掉大牙了！

我还不了解你吗？你就是个说谎精！人跟人之间？女人要互相理解？以为我会吃这一套吗？要不要我说出真相？你之所以跑来就是为了折磨我，因为你多年来都无法这么做。

"八贤村的可怜女人，春子的女儿，你曾经是陪她玩的孩子，如果你不陪她玩她就没有半个朋友，就只能孤零零地坐在一旁。你这女人心机真重，从小就如此，自己想玩就跑来拍马屁，厌倦了就跑去别的地方。大家要你别和我玩，你还又哭又闹不干，行径无耻卑鄙。你以为我不知道，你根本是希望自己变得特别，和没人玩的可怜女生当朋友，让你感到很得意。但真不巧啊，你那么用功读书，表现得好像跟我是不同的人，最后却跟我进了同一所大学，功课还不如我。

"你以为我没在看你就不知道你一直在偷瞄我？你觉得我会不知道你偷偷在观察我穿什么衣服、看什么书、要好的朋友是谁，还有经常上的课吗？不过，知道我和我老公交往后你就明白了吧，你永远赢不了我。讲得更直白一点，你以为我不知道你就是想接近我老公，才出席系里各种活动，偷偷注意他的一举一动？可惜我老公对你一点兴趣都没有，到现在连你是谁、叫什么名字都不知道。你就是这种人！居然把我老公扯进来，你就是得不到，才想让一切都变成无用的垃圾吧？

"你一直都不把我放在眼里，用忽视我来刷存在感。一直靠着踩别人来证明自己是个不错的人，结果被你瞧不起的我却爬到了你头上，很不知所措吧？你没有勇气，也没那个能耐抢走我老公，才会准备转学考试，想让自己的学历变得更漂亮吧？可是，上首尔的大学有那么了不起吗？根本没人羡慕你，认为这件事重要的就只有你自己！你在那里得到了什么？你什么都不是，不过是个被男人痛打一顿后哭哭啼啼的女人罢了。

"还需要说得更清楚吗？真正聪明的女人才不会像你一样乖乖挨打。我可以理解那男人的心情，毕竟我知道你有多倒胃口、多容易惹火别人！你就是个一无是处又自以为是的女人，才会特地跑来告诉我，我老公其实是个怪人，我的幸福全都是假象——你真的很可悲！

"你以为自己高人一等吧？你怜悯的其实是自己，这就是你最擅长的，你只是在利用河宥利罢了。只要你搬出'男女平等''勇敢的女人''约会暴力的牺牲者'这种说辞，大家就会把注意力放在你身上，让你很兴奋，好像自己做了什么大事。但你不过是个见不得别人好、想在别人背后挖八卦的女人。你手上握有什么？你算哪根葱？关于河宥利，你又知道什么？知道跟她当朋友是怎么回事吗？在学校，你一次也没正眼瞧过她，比任何人都轻视宥利，完全没把她当回事，以为自己跟她不同。就算你知道宥利发生了什么事，就代表懂得她的一切，就能理解她吗？

"承认吧，说嫉妒我拥有的一切，说你死都不想承认我比你更有成就、成了更好的人，嫉妒得快要疯掉了！别老把自己的问题和重大命题混为一谈，想借此表现自己在做什么有意义的事。真卑鄙！"

"别说了。"

"不，我要把话说清楚，你就是个活该被打的'贱货'！我一直在问相同的问题，我再问一次，你在这里做什么？在安镇做什么？想泄愤吗？想大声说自己是受害者，说把自己打得鼻青脸肿的那个男人是个浑球吗？你在首尔声嘶力竭地控诉，却没有人吃这套，还被同事捅了一刀，被当成狐狸精，就因为你是个失败者，才会想找借口逃回安镇。无论有人在 Twitter 上说什么、十一年前死去的人碰上什么事，那都与你无关。你只是想逃回这里，继续扮演受害者来博取他人同情，因为在这里，大家会认为你是对的。你真的很卑鄙！你只是从自己应该面对的人面前逃走，然后卑鄙地跑来这里继续挖八卦。我根本不认为你是受害者！"

"别再说了！"

"不，让我再说清楚点，你就是活该被打的女人，注定如此！你是说谎精，往后也会被揍一辈子！"

就在那一刻，我的拳头挥向秀珍的脸，身体不住颤抖，胃也不停翻搅作呕。秀珍捧着自己的脸，发出呻吟声。

我的身体依然在颤抖，想继续打她，想一把揪住秀珍的头发，一边朝地面猛摔，一边大叫："都是因为你！都是你！"

我在干什么？

我本来不是这种人啊。

我连忙走向秀珍，秀珍吼着要我滚开，脸上浮现红色掌印。

她朝我吼叫："好啊！你就这样做！"

我颤抖着手，再次走近秀珍。

秀珍用双手使劲推我的肩膀，大叫："你有样学样嘛！来啊，再来一次啊！"

巷子里响起巨大的回音。我想起李镇燮的脸，想起他殴打我，在巷子里把我压在地面时曾说："我是个温柔的人。"

我原本是个好人！

就在那一刹那，巷弄熟悉的景象和记忆中某个景象交叠，构成了一幅画面。多年前的记忆朝我迎面扑来。

*

十二月八日，冬天，最后一次系里聚会，傍晚逐渐步入黑夜，在我看着餐厅里的那群人，泄气地看着杨秀珍与贤圭学长，打算转身离去时；在我一个劲儿地感到羞愧、无法抑制怒气的瞬间，宥利从巷子跑出来的瞬间。

"贞雅！"

我讨厌宥利叫我的名字。

"那个，你可以帮我个忙吗？"

宥利一脸不安，不停打量四周，好像很害怕被谁发现。

我很不耐烦地问她有什么事，宥利走过来，好像想对我说什么。这时，我听到了那个声音。

"宥利！"

一个男人的声音从巷子后方传来，听起来很熟悉，分明是我在哪儿听过的声音。路灯映照出男人的模糊身影，是个高个子的男人。当时，宥利转头看着我，眼神像在向我求救，我皱着眉，心想：没想到我最后遇见的人是你。

那天，我冷冷地丢下一句话：

"你一辈子只能窝在这里了。"接着便掉头离去。

宥利不断喊我的名字。

我没有回头。

宥利又喊了我一声：

"贞雅。"

"贞雅，帮帮我。"

我头也不回地往前走，完全离开了那个地方。

这时听见秀珍说："你就是这种女人。"

康贤

我觉得很疲惫，替自己泡了杯热红茶。刚走出去的女同学现年二十一岁，最近被学长性骚扰。她说自己和学长喝酒时，对方趁自己不胜酒力时偷摸她的胸部，还将手伸进她的裤子。她向女性中心检举后，双方采取非正式的方式私下和解了。和解前，女同学主张男同学应该被强制退学，男同学的父母不断向女同学求饶，整起事件闹得沸沸扬扬。他们表示要提供女同学约一学期学费的和解金，还口头约定男同学下学期会休学。

当然，男同学没有休学。

这种事一年内总会发生几次，令我感到身心俱疲。女同学们总是跑来找我，认为我会出手帮助她们，在我面前哭哭啼啼。

女同学说："我不想和学长上同一堂课，拜托不要让我看到那个学长。"

是啊，肯定会这样想吧。我亲切地拍抚女同学的肩膀，女同学忍不住潸然泪下。

"请您至少让那个学长去上别的课，每次看到他都会想起当时的情景，我好害怕。"女同学放声大哭了一会儿，我才不疾不徐地开口，说自己不具有裁决权。女同学会一脸怨恨地看着我。我觉得很厌烦，但我没有表露心思，也绝不会说自己是与那个男同学站在同一阵线。

我会说："这位女同学，你不是都解决了吗？你带着足够的勇气打了一仗，很了不起，我对你充满敬意。不过，身为这时代的新女性，不是应该接受裁决结果，讨论往后的进步吗？"

说实在的，我的内心充满不耐烦。到底为什么要和男同学单独喝酒，还喝到不省人事？你就这么信任别人？况且对象还是男人。既然相信的是自己，又为何把这件事交由别人处理，当真相信对方会送你回家吗？当然，我绝对不会这样说，我很清楚哪些话不该说。只不过那个女同学无法理解，两人一起喝酒，男生说会送女生回家，女生就跟去了。为什么要跟去？就是跟去了才会惹出这事端。你没想到学长会做这种事？好烦，烦死了。

每当发生这种事，某位教授同事就会说："这些男同学就是太年轻了……"他先是带着以严苛标准批判男人的口吻说话，最后又说，"年轻的男同学就是精虫冲脑，控制不了自己。"

狗屁。"男人没办法克制性欲"，我对这说法的蔑视不亚于女同学哭着说的"因为我信任他"。这并不是无法忍耐性欲才衍生的问题，而是男人认为自己不必忍耐性欲才发生的问题。但我什么都没说。

金东熙这个蠢材。

我的嘴角扬起笑意。

只要装个样子大致安抚一下，女同学们就会默默回答"知道了"，表示她们已经彻底死心。重点在于尽可能告诉她们"你才是胜利的人"，这就与对遭到严重霸凌的小孩这样说是相同的。

"这些过程你都熬过来了，所以说到底，是你赢了。

"你让那个男生知道，自己不是好惹的！老师真的对你充满敬意，我一定会尽全力遏止相同的事发生。老师没办法更改课程，不过会试着去说说看，让你下学期不会和他打照面。但眼下也无可奈何，如果你真的觉得很不舒服，要不干脆别去上那堂课？我会跟那堂课的教授好好谈谈。"

讲到这里，通常女同学就会察觉我不会出手帮忙。想说动我倒也不是没有方法，只要让整件事演变成公众议题就行了，不过女同学就必须向全世界昭告自己是性骚扰受害者，经历烦琐又累人的过程。

所以，女同学只能带着满腹冤屈，忍耐着继续生活。她们想到事情没有彻底解决，体内开始慢慢化脓，每天晚上噩梦连连，内心也逐渐腐烂，无法疏解的情绪导致她们日渐消瘦。但那些都与我无关。不过，今天这位女同学走出去时，说了一句刺耳的话：

"大家不停劝阻我，但我相信教授一定会保护我！"

我根本无所谓，我更在乎的是整个科系的形象。

当然，其中也会有不肯就此罢休的女同学，好比金伊英。

金东熙这个蠢材。

我的嘴角又浮起微笑。

我早料到会有这么一天，早就知道金东熙会捅出这种娄子。虽然他自命不凡，但根本从未远离典型男性的设定，满脑子只想着往上爬，野心勃勃，过度努力。这种人的特征就是单纯，只懂得服从上面的命令。

金东熙把应该奉承巴结与轻视小看的人区分得一清二楚，在每个场合，他要悉心款待的人物都不同，因为在不同场合，辈分地位都会被瞬间洗牌。他常常以为自己掌控了世界，甚至自诩为女权主义者。金东熙曾在大学学报专栏上写了尊敬女性的文章，赞颂女性将黑暗暴力转换成光芒，唾弃会打女人、欺侮女人的男人。可是，他却一直提心吊胆，忧心自己也有那一面。

要是没有女人，我就无法得知世界的真实面貌。女人能让我脱胎换骨，成为另一个人。

我露出轻蔑的笑容。这人就连在谈论女性人权的专栏都想费心显示自己有多重视性别平等，但这种思维并非金东熙专属，所以我打算睁一只眼闭一只眼。在学校，男人比女人更想称呼自己是女权主义者，他们知道怎样做能令自己加分，所以拼命想将那些称号往自己身上揽。

男教授讨论女性主义，会被视为关切女性人权的进步主义者，但女教授讨论女性主义，只会成为格局小的女权魔。金东熙确实眼明手快，大家才会被他的表面功夫欺骗。"金东熙很亲切啊""金东熙很老实勤奋""噢，金东熙很能干""金东熙实力很强"……这些在我身上都不管用，我打从一开始就不相信金东熙。

我不信任男人，当然，我也不相信女人，人只会令我感到心烦。

除了自己，我对谁都不感兴趣。

因为我没有结婚，父亲说我自私；因为婚后没生孩子，父亲说我冷血无情。我的天啊，爸，那么狠心杀掉肚子里两个姐姐的妈又成了什么？我也差点无法诞生于世，因为我是家中的第五个孩子，也是第三个女儿。因为医生警告妈妈如果再堕胎，以后就无法生孩子，我才得以存活，同时有了一个男性化的名字：李康贤，因为这样才会有弟弟。但是弟弟没有出生，当时母亲已经三十五岁了，而且染上了病，还是性病，父亲不知从哪儿感染的病菌侵袭了母亲的子宫。虽然那不是什么致命的病菌，只不过母亲从来没有接受彻底的检查。

"做什么检查？连个儿子也生不出来。"

舅舅在外面偷吃，舅妈愤而离家出走，把外公外婆家闹得鸡犬不宁时，母亲说了弟媳的不是。

"天底下有哪个男人不偷吃？有什么好大呼小叫的！"

不会大呼小叫的病菌在母亲的骨盆内作乱，蹂躏了她的子宫，但我一点也不同情母亲。自从出生那刻起，我就被当成透明人，这样的我要想活下去，只能将全部心思放在自己身上，认为自己是完整的，是世界上最重要的人。

可是，我数次撞上了名为"现实"的高墙。考大学时，我说要去首尔读书，父亲竟胁迫要剃掉我的头发；我说要去念安镇大学法学院，父亲又叫我去相亲。父亲是掌管家中经济大权的人，我只好低头妥协，表示自己会去念英文系，毕业后去当老师，并在三年内结婚。

我在毕业那年立刻报考了研究所，用存下来的钱租了一间套房。补习班讲师、家教和翻译，能赚钱的工作我都做。我的指导教授是毕业于首尔大学的女人，很器重当时人数才逐渐增加的女弟子们，但不相信任何人的我早早就看出，指导教授不过是希望别人认为自己很器重女弟子罢了。

指导教授喜欢男生，喜欢同一个学校毕业的学弟——一个在安镇大学有权有势、能替指导教授牵起新人脉与势力的男生。虽然大家都称呼她为安镇首位女权主义教授，但我并不认为她是女人，反而比男人更像男人。指导教授绝不会把自己的位子传承给安镇大学出身的女学生，即便是同事的教授职位也一样，绝不会交给无法带来任何好处的小人物。因此，欧亚文化内容系设立时，我便迅速从英文系全身而退。2005 年，一位英文系教授即将卸任，指导教授把名译者带来时，一群每天早上把指导教授的一头鬖发当成楷模般模仿的朋友，个个掩不住内心的惊慌。

尽管如此，这不代表我得罪了指导教授。我对指导教授的欲望了如指掌，于公于私，我一次也没有和指导教授"杠上"。

这些把实力强大的我挤下来的臭男人！虽然我现在跑到地方大学当教授，但迟早会再回到首尔！

我看穿了指导教授的愤怒，每次聚餐时，当朋友们像不会看眼色的苍蝇般在指导教授身边打转时，我则识相地退到后方，把男同学送到教授面前。指导教授的酒量比男人好，不会开黄腔，但喜欢让男同学在KTV跳舞。就算是教授，男同学也不会轻易在女生面前"卖笑"，我总能找到擅长做这种事的男同学。

在某次学生聚会上，醉醺醺的指导教授还拍着男同学的屁股大叫："唱首歌来听听吧！"

男同学涨红了脸，似乎觉得很丢脸。我只是冷眼旁观。

觉得丢脸吗？孩子啊，女人时时刻刻都在经历这些。从出生那一刻起就要被评论长得漂不漂亮，要是双腿没有贴紧，背上就会挨一顿打；书读得再好，如果不是当医生、法官或检察官，就会被叫去考公务员；弟弟不听话，父母就会说当初如果你是男的就好了；说话不过大声点，就被说没有女生样；还有人说，女儿能嫁出去就够了。不对，女儿自己会说，等我嫁人，一切就结束了，因为嫁出去的女儿就等于外人。而且，我没有属于自己的名字。各位男同学，孩子们，好好忍耐吧，你们这辈子好歹也得感受一次吧？死不了人的。

可是也不能把这种想法视为我的报复心态，因为女同学也会被安排坐在男教授旁边，特别是善良漂亮又聪明的女同学，即将如花朵般绽放的女人。

女同学们，自求多福吧！

我就是这样，静悄悄地把每位教授内心真正想要的找出来、交给他们，再接收自己想得到的。无论任何场合，都会假装自己无欲无求。若有人要我做事，我会假装二话不说地去做，假装再假装；假装成善良又顺从的女人，假装没有竞争力，假装再假装。

但从某一天开始，大家开始称呼我为女权主义者。我忍不住咯咯笑了起来。你们称我什么？没有叫我女权魔，反倒把我当成真正的女权主义者？很好，就是这样。我认为这个称呼十分适合我，因为它指的是男人喜欢的独立女人——没有结婚，但随时都有结婚的念头；不会过分干预男人做什么，但付钱时会互相平摊；听到男人开黄腔或说出接近性骚扰的玩笑时不会动怒；男人们去续摊时会识相避开；懂得批判最近的女性运动太过火。最重要的是，这样的女权主义者会主张要正视问题，会执行在男人允许范围内的女权主义！他们最高兴的，莫过于她读《简·爱》。

"那是一部非常伟大的小说。我不读近期作家的作品，他们都在原地踏步。"

虽然这句话代表那人没有解读近期作品的能力，但我没有说出内心话，因为《简·爱》的确是一部伟大的小说。我也对最近的小说不感兴趣，毕竟不是读了它们就能升迁。

2004年，欧亚文化内容系的设立引起轩然大波，大家都在新饭碗与既有的饭碗间进行察言观色的战争。要是去捧新饭碗，过去的累积等于前功尽弃；若死守旧饭碗，又担心好运不知何时才能轮到自己。其他人不停探头观望时，我见了院长，见了指导教授，见了学长，见了事业团，也见了多位研究人员。我跨足欧亚文化内容系，成了校长的秘书室长。

这怎么可能？大家都吓得倒抽一口气——她靠什么拉拢了那些人？她长得既不漂亮又年逾四十，还有口臭。你们当然不知道啦，就在你们苦恼着该不该参加续摊，在聚餐上义愤填膺地大骂学校多腐败时，我很识相地退下，偷偷记录了学校那些贪腐职员和教授想要的物品清单。虽然不是每件事都能靠金钱解决，我也不是什么有钱人，但到底父亲一辈子靠着在安镇当公务员累积了些人脉，这时候我就会利用父亲与安镇有名望的人士刘宪雄的交情——"爸，有位哲学系的教授明年想当校长""爸，教育系教授今年要参加教育监的选举"。虽然无福生下儿子，但父亲仍对靠女儿享清福存有迷恋。父亲，噢，我的父亲！

来自首尔、被欧亚文化内容系聘用的教授说："这里的学生和大城市的孩子不同，特别纯朴，没什么野心，看起来很幸福。"我心想，这人肯定撑不了多久。认为小城市的孩子没有欲望，自以为了解才刚过二十岁的孩子们会满足于窝在小城市的心态，代表这人想象力贫乏。这一点，从他接下来说的话就可得知。

"早知如此，我就把老婆和小孩一起带来了，但把儿子带来小城市好像不太好。"

那位充满热情的教授搞不懂，学生们为什么逐渐对他表现出敌对的态度，他为学生不接纳自己的课程而苦恼。是自己出了太多高难度的作业吗？打分数时太冷血无情？自己从来没有在课堂上表现出什么城乡差距情结啊。他认为自己是无辜的，他从来没有那样！他是个平等主义者！但最后教学评鉴一塌糊涂，他也露出了自己的真面目。

"说真的，这些学生好像蛮蠢的。"

翌年，我将他甩到一旁，率先当上副教授。他用指责的语气批判："不是学者的人竟也能高升？！"那又怎样，反正我当上了副教授。他依然无法理解，安镇的孩子们并不蠢，他们比任何人都能最先认出折翼之人，就像我杀死妈妈肚子里的两个姐姐，独自来到世上一样。

他凭什么认为安镇大学的孩子就备受安镇当地人礼遇，认为首尔或其他地方大学出身的人难以在安镇立足，是欺负外来人？是同一所学校出身，还是地缘关系？你太嫩了，想象力真是匮乏。

这是因为安镇的人自行折断了孩子们的羽翼，而折翼之人同样也会折断他人的羽翼。尽管知道往后无法振翅高飞，但那都是折翼的缘故。你以为进不了首都圈大学纯粹是实力不足吗？

你真的太嫩了，想象力太匮乏了。

有时，安镇所有的孩子看起来都像女人。

当时，金东熙映入了我的眼帘，他是个彻底有志难酬、满脑子只想在这里称王的家伙。我没有像指导教授那样要求男同学们高歌，倒是金东熙主动唱起歌来了，唱完后还悄悄跑到我旁边咬耳朵。

"老师，我很尊敬您。"

尊敬？别笑死人了，学生才是最懂得蔑视老师的人。会将尊敬挂在嘴边的人，是懂得善用那个词的力量的家伙。

金东熙表现得好像很懂我似的，隐约透露出"你我是同类"的信息。我目不转睛地看着金东熙，心想，要践踏一个想获得认可想到要发疯的家伙，很简单，只要不认可他就行了——"你没有能力，你一无是处，我不需要你，你跟我不一样。"那么，金东熙就会自己爬过来说："我愿意做任何事。"

那一刻，我感受到阔别多时的人性。每当看到那些为了存活而拼命挣扎的家伙，这种心情就会油然而生，但很快地又会恢复平常心。年轻时，每当那种情感涌现，我就会去找个可以共度一夜的对象。谁说女人不会因为性欲高涨去找男人？我从不曾和自己不想发生关系的男人交往，人生中的几次短暂恋爱都是为了性而延续。然而随着年岁增长，就连性欲都枯萎了。只不过，一年中总会有几次，女学生们会跑来找我，坏了我的兴致。

为什么相信对方?

为什么要跟去?

为什么?!

所以大家才会觉得杀掉你也无所谓啊!

但我只是轻轻拍抚女学生的肩膀。再怎么说,科系的形象才是最重要的。欧亚文化内容系成立不过十二年,人文学院中就业率最高、最朝气蓬勃的科系不能发生这种有辱门风的事,更不能在女权主义者的我眼前发生。

金东熙终于找上门来,大吼着:"老师,您不能这样丢下我不管。"

听他说话的口气,好像他抓住了我什么重要把柄。真是个蠢材!

我有条不紊地搬出准备多时的说辞:"我强迫你做什么了吗?什么时候?你每次帮我忙时,都自动自发填好文件、盖好章。我强迫你盖章了吗?是你自己盖的。那些都是什么?你从我这支领合理薪水。你以为你的研究费是怎么补足的?你怎么可以有个人办公室使用?奖学金和研究补助都是从哪儿冒出来的?为什么你能在计划中担任重要角色?我替你和多少事业团牵线?你没有从中拿到钱?拿到了吧!我的工作是计划的一部分,也是事业的一环,你认为自己从过去到现在的付出,有哪一项被列为我个人的论文或研究成果?你仔细看看,你是用那种眼光看待这件事的吗?你不也做得很高兴吗?明明都是心甘情愿的，何必这样？"

说完，我朝气得嘴唇发紫的金东熙丢下最后一根稻草：

"先不谈这个，你知道一年有多少女学生跑来找我吗？我就跟听人告解的神父没两样，你觉得我从来都没听到你的名字吗？"

我悄悄丢出诱饵，金东熙颤抖了一下。

那当然啦，不用想也知道。

我对金东熙说，会把他的课调到其他科系，要他先按兵不动，同时明确表示，这是自己承担许多风险所提供的特别待遇。明眼人的金东熙马上就听懂了，金东熙的优点就在这里，并且往后他会继续死心塌地地留在我身边。

金东熙回去后，我有好几天都性欲高涨，却苦于无发泄之处。老公疏解不了我的欲望，那是一种腹部深处搔痒的感觉，老公却总不得其门而入，只在入口徘徊。老公，这字眼儿可真是生疏。我真的有老公吗？有时我会忍不住好奇，是什么迫使自己走到这一步。是想出人头地吗？野心吗？还是想被肯定？这些都对，但并不准确，似乎是其他感觉持续推着我往上爬到这里。那会是什么呢？我好久，好久没有如此感性了。

某一天，我突然被允许出生在世上，然后便不停徒增年纪。等等，自己几岁了？我经常忘记自己的年龄。不对，我感觉自己始终停留在一岁——什么都还没学习，至今什么都没做过的一岁，希望能有个人来告诉自己"你做什么都行"的一岁。但我从没经历过那种事，从一岁到横跨五十岁的现在，没有人看出我在等待什么，唯有我暗自凄凉地感受这点：我活着，我在这里。

不过，我很快就从感性中逃脱出来，我不想哭哭啼啼地说童年的心理阴影决定了人生，也从未这样做过。从过去到现在，我一直逼着自己前进。因为我明白了，我是为了能够活下来。只要为了活下来，无论男人或女人，谁阻碍我的生存，我都会毫不留情地除去他们。往后也会如此。

＊

金伊英贴了大字报。

二十一岁的她选择正面迎战而非弃械投降。这么一想，金伊英甚至没跑来找我。我的脑海中蓦然又想起方才女同学走出去时所说的话——

"大家不停劝阻我，但我相信教授一定会保护我！"

大家都劝阻她。大家，指的是那些被我打发走的女学生，连姓名和脸孔我都记不住的女学生；愚蠢地跟着学长，紧抓着爱情不放，受伤后却嘟囔个没完的女学生。那些女学生八成聚在一起讲了什么。好烦，真的好烦，接下来会发生令人头疼的事吧。学生会的人跑来，学校报社的人也会跑来，要是没处理好，搞不好还会闹上新闻。不过就是背上被男人摸了一把，有什么好大惊小怪的？我忍不住蹙眉，但很快又拨弄起心中的算盘，努力做出对自己最有利的判断。

金伊英也是安镇出身，为了存活，肯定什么事都做得出来。我将已经冷掉的红茶含在口中，暗自盘算着金伊英与金东熙的事。我数了一下人文学院的女教授，还有会帮腔附和的男教授，想起过去其他科系掩盖的事件。反正金伊英终究不会罢休，就像我从来不曾停下来，一路奔到这里一样。我从金伊英身上感受到同类的气质。是啊，那孩子确实跟我很相似，也许煽风点火的效果会更好，反正名声终究是由我带走，只要捏造故事就成了。

不如就说为了保护先前那些女同学的隐私，才会一直保持缄默，下一次就说自己不能再冷眼旁观了。另一方面也想想，若是继续控制金东熙能够得到什么。反正学校不会想承认这种丑闻，尤其人文学院，这种传闻无疑会有损校方的形象。冷静想想吧，选哪一边才有利？我想得越深入，越能感受到某种快感。

我放下茶杯，站在镜子前，就像每次做出重要决定时那样，嚅动嘴唇喃喃自语：“来，笑一下吧。”我的口中充满了茶香。

贞雅

秀珍总是将正正方方的书包侧背，而不是规规矩矩地背在后面。宋宝英说那看起来很讨人厌，就像在模仿那些看了就倒胃口的姐姐——手提皮包走在路边的姐姐，朝男人送秋波、露腿给他们看的姐姐。秀珍也跟她们一样，看了就倒胃口。

岁月大把流逝后，当时的记忆已经褪色许多，只有几件事还历历在目。早上去学校时，没人会向秀珍打招呼；若她主动打招呼，也没人会回应或回头。宋宝英想利用秀珍成为大家的榜样，大声宣示"要是不听我的话，你们就会变得像秀珍一样"。

我偶尔也会被排挤，但不像秀珍那样从头到尾都被讨厌，只要我表现良好，宋宝英就会化解心结跟我玩。前一天跟我玩，后一天又装没看到；第三天跟我玩，第四天又装没看到；早上跟我玩，下午就装没看到；整天都跟我玩，放学回家时又装没看到。当时我才十岁，经常哭哭啼啼的。也许当年的经验长久以来留在我心底，所以讨好他人才会变得如此重要。也许屈服于他人权力之下的经验，不曾正面迎战的自我厌恶，终究彻底击溃了我。

为什么没人伸出援手呢?

我们犹如漂浮在教室的岛屿,两人逐渐靠近彼此的过程是如此浑然天成。有一天,我在回家路上碰到秀珍。我们一起走回家,绕过巷子时,两人已牵起了手。

放学后,我们会一起走在田埂上,在游乐场一起荡秋千,也多亏如此,我们可以若无其事地接受宋宝英在学校的横行霸道。一天只要忍受四五个小时,就是自由身了,毕竟宋宝英无法在外头也掌控我们。此外,瞒过宋宝英的耳目也为我们带来莫大乐趣。我觉得没有任何事可以分开我们,时间不停走过,但我有信心能一直这样过下去。

宋宝英并不是不知情,她只是任由我们变得越来越要好。

秋天时,我们俩在田野见面,路边的大波斯菊绽放着。我们站成一列走过那条路,把花摘下来,做成戒指递给对方。我们跑了一段路又重新折返,嘻嘻哈哈的,然后牵起手。直到听到那声呼喊前,我们一直牵着对方的手。

"贞雅。"

我们同时转头,看到宋宝英站在那里。

"你们两个在做什么?"

我应该无视她的存在,一直牵着秀珍的手才对。不过一个十岁的小丫头,究竟有什么好怕的?

我很害怕。

以后去学校就没人跟我说话了吧？大家看见我时会捉弄我吧？这次会维持多久？一个星期，还是一个月？最重要的是，我很害怕知道宋宝英会选择谁。她拆散好朋友的方法很简单——霸凌其中一个，然后和另外一个变成好朋友。秀珍和我，她会选谁呢？

为了忘掉那一天，到现在我仍得花不少力气。

为什么不放过我们？你不是讨厌我们才一直排挤我们吗？为什么讨厌我们两个在一起？为什么？

宋宝英向我招手："贞雅，过来这边。"

我停在原地好几秒，接着宋宝英伸出了双手："没关系，快过来。"

我走向宋宝英。往前走时，秀珍握住我的手，紧紧抓着不肯松手。我甩开那只手，没有回头看秀珍。宋宝英牵起我的手，秀珍则不以为意地转身迈出步伐。就这样，我们与秀珍的距离越来越远。没过多久，后头传来脚步声，秀珍跟在我们身后。

宋宝英笑着说："喂，我们快逃！春子的女儿追上来了！"

听到那句话，秀珍停了下来。

春子的女儿，可怜的孩子，绝对无法脱胎换骨、只能这样过一辈子的孩子。

你问我发生了什么事，我犯了什么错。

"贞雅、贞雅。"

秀珍在后头呼喊我的名字，但我没有回头，只是凝视远处西沉的太阳继续走着。松软的微风还停留在手上，方才抚弄的大波斯菊的香气还残留在体内，我却丝毫不在乎，眼中唯有往下坠落的沉钝阳光。只有它在我眼前，只有它逐渐向我逼近。就这样，我遗忘了紧贴在我身上的那个声音。

*

我在棉被中睁开眼睛，身体好沉重，整整两天没有出门，丹娥也去上班了。见完秀珍后发生的事我什么都没对丹娥说，她也努力忍着没有过问。我躺在床上一整天，第二天也没有从棉被里起身，我听见丹娥在叹气，但假装没听见。

丹娥一把掀开棉被，对我说："都忘了吧。"

我轻轻点头，然后就一直躺到现在。现在已经是下午三点，我总算起床了。再怎么说也是寄人篱下，这样好像太厚脸皮了，不如先做好晚餐吧。我叠好棉被，站了起来，双腿却抖个不停，突然听到放在客厅的手机传来消息。咦，为什么手机会在客厅？

我忍不住哭了出来。是丹娥放的，她希望我可以从棉被里爬出来，故意将我的手机丢在客厅才出门。我缓缓走出去，确认了一下手机。

是姜胜永。

我静静看着电话号码，按下通话键。铃声响了一声，两声，对方接起电话，声音低沉又沙哑。我心想，在他提起宥利的名字前，我要先梳洗一下，吃点东西。

*

那一年过去，噩梦也结束了。宋宝英转学了，在她转学前，大家伤心地抱在一起哭。我并不认为那是虚情假意，毕竟宋宝英比谁都重视友情。对他人而言，她真的是很好的朋友，也因此，她应该很了解抢走他人的友情有多残忍。

往上升一年级、换了一批老师后，学校的氛围也稍微起了变化。反正那是一所乡下学校，同村的孩子们互相排挤捉弄，只会伤了大人间的和气。升上高年级后，班级数和学生数都减少了。上初中时，气氛更加泾渭分明，要回家帮忙做家事的孩子比去上补习班的孩子更多，有些孩子甚至还开始找工作。升学和就业，早早就把孩子们分成两派。

宋宝英转学后，秀珍和我又开始要好。我们是属于读书那一派，我的功课名列前茅，父母对我寄予厚望，秀珍只是勉强能跟上的水平，但她看起来也没什么野心。秀珍说，她想去念专科大学，早点就业，帮外婆减轻负担。我们很要好。

我们绝口不提田埂上发生的事，仿佛只要提起，好不容易再次拼凑的关系就会崩塌。但不谈这件事本身，也意味着彼此默认关系出现了裂痕。我们很要好，只不过，秀珍让我感到有压力。因为曾经做了对不起她的事。只要看到她，我就会有罪恶感。所以上高中后，我就跟秀珍断了联系，就算她写信给我也不回，打电话给我也没接。回故乡时都只待在家里，然后就离开。刚开始我觉得很抱歉，但后来真的很不想见到秀珍，没来由地。

我的成绩一直没有起色，每次父母看到我就不停施压，我已经尽了全力，这好像已经是极限了，到底还要做多少才够？我曾在路上偶然碰见秀珍几次，但都没有向她打招呼，只觉得心中有股无名火。每次见到秀珍，自己就好像依然被八贤紧抓着不放，让我难以忍受。我紧追不舍的那些东西，无论怎么努力都无法到手，真正想摆脱的人却对我依依不舍。

真正令人火大的是她外婆。秀珍是春子的女儿，书读得不好，长得也不漂亮，为什么她外婆那么疼她？而爸妈每次看到我就只会连声叹息，问我能不能做得更好。秀珍的外婆却无条件爱着外孙女的一切。为什么会这样？那个外婆可是春子的妈妈，是我奶奶每天嗤之以鼻、不放在眼里的春子的妈妈。秀珍挽着外婆的手臂在村里走来走去时，脸上神采奕奕。那充满自信的脸仿佛在说，无论发生任何事，自己都会获得满满的爱。

我讨厌看到那张脸。

因为我的脸有如死灰般晦暗。

圣诞夜，秀珍难得打了电话给我，那天我和丹娥去了教堂，也很难得接起电话。秀珍可能没料到我会接电话，问候我的嗓音带有惊慌，不过听起来好像蛮高兴的，我们也聊得很开心。

"贞雅，圣诞节快乐。"秀珍若无其事地接纳了我。

没错，因为你的朋友就只有我一个。那时我明白了，有别于学习成绩或父母，我可以掌控与秀珍之间的关系。要是我不爽就不接电话，心情好就接电话；高兴就跟她见面，不爽时也可以不见面。十七岁的圣诞夜，我认为自己能够随意操控的人，就只有电话那头的你。

在田埂的那天，我早知道宋宝英会选我，甚至在她喊我前，我的脚就已经跨出去了。

"你就是这种女人。"

没错，你说得没错，所以我才会在圣诞夜对你说："我不想再跟你走太近，我会脱胎换骨，变成不一样的人，以后别再跟我联络。"

那一刻，响起了悠扬的合唱乐声。

没错，我就是那种女人。

＊

"金贞雅小姐？"

某个声音唤醒了沉思的我。我抬头，眼前站着一个男人。姜胜永，认识宥利的另一个男人。根据伴奏者的描述，他身高大约一米六五，体格粗壮。他伸手要跟我握手，我也礼貌性回应，感觉到他手掌上有硬茧。他整个人看起来很结实，应该是做粗活的人。

"听说您在写小说？"他边入座边问。

我很自然地笑了笑。扯了一连串谎后，我自己都有了在写小说的错觉。他似乎在观察我，我没有回避视线，按照准备好的说辞有条不紊地说明，我说我把宥利的故事当成小说原型，但发现她在过世前好像遇到了困难。包括企图自杀在内，还有几个令人好奇的点，所以如果他知道什么，希望能告诉我。

"这样也能告慰宥利在天之灵。"

姜胜永目不转睛地盯着我，很显然不相信我。我悄悄垂下视线。

那天之后，我按照伴奏者说的先在网络上搜寻了一下，发现我也听说过这个人，不禁吓了一跳。正因为知道姜胜永是什么样的人，那天才会更执意要去找秀珍。

我就像个真正的小说家般开始拼凑故事。宥利遇到这个人后，应该从他那儿得到了建议。肯定没错，宥利一定碰到了很严重的问题。但和秀珍大吵一架后，我就像丹娥说的只想放下一切。秀珍说得没错，宥利和我有什么关系？但收到姜胜永回复我的消息后，我还是出门了。

我为什么要和这男人见面？明明都自身难保了。

你也觉得不想活了，不如一死了之吗？一定很痛苦吧。当然了，没有什么比被各种复杂关系缠身更令人煎熬的，所以才想寻死，才希望我能伸出援手吗，宥利？

"您在写小说的事是说谎的吧？"姜胜永问。

我看着眼前的男人，露出尴尬的笑容。他一脸冰冷地看着我，喝了一口咖啡。

"我在健身房当教练，早上五点起床后会先简单做点运动，六点前出门上班，接着工作到十点。我要帮会员做个人训练，也替新会员做说明，工作非常忙碌。我留意到大部分来健身房运动的人，多数是为了减肥才来。检测过后，大家的结果都差不多，体脂高但肌肉量少，体力当然也不好，在跑步机上走个二十分钟就气喘吁吁。

"体脂高的人最好从有氧运动着手，在不对关节造成负担的情况下慢慢走路，骑自行车效果最佳，徒手运动也有帮助。然后慢慢提升强度，增加肌肉运动，我也会建议他们调整饮食。其实运动会带来附属条件，想要减肥，调整饮食是最重要的，快餐、油腻食物、夜宵和酒都要戒掉，并规划以蔬菜和蛋白质为主的菜单。摄取适当的韩食也不错，但很难节制，因为大家要参加聚餐，又想吃零食，也会想喝带奶油的摩卡咖啡。调整饮食难度最大，但要是不调整就无法减肥。

"针对进行个人训练的人，我会规划更严谨的运动时间表。最重要的是，这些都很花时间，只有一两个月无法得到想要的成果，最少三个月，长则六个月到一年，我会非常强调这一点。刚开始大家都很认真，大概会有一两周很规律地来运动，饮食也会彻底控制，早上和中午吃韩食，晚上吃沙拉。但大部分人会前功尽弃，因为半夜肚子太饿了。这是进食量突然减少，身体承受不住的缘故。减肥终究是一场耐力赛，要战胜它并不容易。过了三个月，就很难找到一开始报名的人，只会剩下两三个还在硬撑的人。您认为中途放弃和留下来的人差别是什么？"

他丢了一个问题给我，又喝了一口咖啡。

我想了一下后回答："这个嘛，中途放弃的人缺乏耐力？"

他露出微笑："大致没错，但耐力究竟指的是什么？是天生的吗？这么说也没错，确实有人天生就很能忍，但耐力是在某种原因下被激发出来的。我是这么认为。"说完后，他看着我。虽然他一通长篇大论，但我并没有觉得他在教训我，反而让我不自觉地静静聆听他说话。

"人要有目标，下定决心要改变的目标。我并不认为女人说为了交男朋友而减肥有什么不好。为自己减肥当然也很好，不过我认为前者的目标也有被尊重的价值，比'为了自己，我要在一年内变苗条'更容易实现。目标越明确越好，好比'一个月内腰围减掉多少''要在三个月内穿下 S 号裤子'。决定具体目标后，人就会为了更新目标而努力。当然，靠内心的迫切也能办到，要是真心想要，就会想尽办法去达成。'我想变得不同''我会变得和现在不一样'，为了达成它们，就会每隔一个月、两个月持续订立新目标。"

他又喝了一口咖啡，咖啡几乎已经见底。

"宥利说她想变得不一样。"

我没有说话。

"我一个星期会参加一次聚会，在那里也讲相同的话。人要有目标，要有好好生活的目标，要有决心改变的目标，要有不再受过去支配的目标。做错的是那些加害者，为什么受害者要躲起来独自承受煎熬呢？享受人生都来不及。人要过得更幸福，更乐在其中，我们比谁都更有权利拥有目标。"

他站起来，走到自助区倒水，也在我面前放了一杯。

"我在宥利过世后开始参与活动。在那之前，我也满脑子只想着哪天要去死，健身也是那时开始的。之前我基本上是靠打工维持生活。这个故事讲了太多遍，感觉就像别人的故事呢。总之就是这样，当时我一事无成，把赔偿金和捐款存在银行，一点一点地啃着过活。说起那笔钱还真好笑，明明是我该收下的钱，但只要看到那笔钱就会产生想死的念头。心想：原来我就只值这些啊？明知不能这样计算一个人的价值，但看到钱就会忍不住如此看待自己。捐款当然没了，因为事情已经过去很久了。可是少了金钱来源后，我再度怒火中烧，想要寻死，心想着大家现在已经对我不感兴趣了。"他用手掌在膝盖上擦了一下，"您真的在写小说吗？"

"没有。"

我一回答完，随即露出微笑，内心顿时轻松起来。这个男人跟我想象的不同，我以为他会很忧郁、充满攻击性，但我感觉姜胜永是个再健康不过的人，想将自身的健康分享给他人的人。

　　姜胜永，从十岁到十二岁，被自己的舅舅长期性侵。他和我同年，三年前出了一本讲述自身经历的书，目前在安镇性暴力咨商中心当志工。他接受各家媒体采访，不久前还在独立电影节的一部纪录片中饰演了一个角色，我通过咨商中心获得他的联络方式。收到我想知道有关宥利的事的消息后，姜胜永回复："关于那位朋友，我也一直想分享一个故事。"

　　他说："那么，您为什么对宥利感到好奇？"

　　我吞吞吐吐地回答："她……是我的大学同学。"

　　"嗯。"

　　"最后一次见到她时，她向我求助。"

　　"嗯。"

　　"我却直接走掉了。"

　　他没有说话，我也是，两人一阵沉默。

　　他再次缓缓开口："接受访问后，有些人说我到现在还在刷存在感，甚至说'他觉得很骄傲吗'。没错，我是需要关心，因为大家根本不闻不问。没有半个人在乎为什么在法庭上会败诉，舅舅又会得到何种惩罚。但大家的关注对我来说又是种痛苦。'你可以说一下自己有多痛苦吗？他是怎么对待你的？'这就和围观看人打架差不多，大家会很专心地看谁被打到哪里才倒下，却没人关心他们为什么打起来，后续又如何发展。甚至还有人说：'他是个男的，又不是女的，这怎么可能？该不会是他有什么问题吧？'他们认为男生就绝对不会碰到这种事。"

我静静听着，好像明白了为什么宥利会和这个人说话。

"宥利是第一个。"姜胜永说。

"在此之前，没有任何人听过我的故事。仔细想想，我的人生好像是在遇见宥利后才逐渐好转的。那是我生平第一次给别人建议，第一次觉得自己有价值，也因此，我觉得自己亏欠了那位朋友。我们见过两次，一起吃饭喝茶，大约聊了七个钟头。看到她的第一眼我就明白了，因为我自己就长期被那种情绪纠缠，所以一看到她就知道，那是多么渴望某人伸出援手却又充满恐惧的脸。我也一直是如此，渴望得到他人的爱，但只要紧紧抓住那个人，不安感就会将我包围，担心会失去对方。我根本没有资格得到爱，这会不会是老天爷在捉弄我？他是不是想夺走这份幸福？不安感如影随形，关系当然也无法维系下去，因为别人看出来了。他们不能和内心不安的人交往，没人能招架得住我，所以我很想死，宥利脸上也有那种表情。持续被蹂躏后，人会愤怒，宥利却从来没有动怒。其实她已经非常愤怒了，本人却没有察觉，因为她害怕在彻底爆发的那一刻，自己真的会变成孤零零一个人。"

"宥利提到过自己被谁欺负吗？"

"那不叫欺负。"

我静静听着。

"那是性侵。她一直在非自愿的情况下被迫发生关系，就算她说不要，对方也会伸出狼爪，无视她的抗拒，强迫她发生关系。所以宥利才会生病，得了宫颈癌，生理上极为煎熬，每天都觉得很痛苦。那个男人却对宥利的哭诉视而不见，反倒说她是想博取关心才说谎。"

我将双手交叠握住："有没有说对方是谁？"

"没有，只说是同系的。"

我吞了吞口水。搞不好真的是贤圭学长。

我想起秀珍先前大吼："你只是想折磨我，不想认同我罢了。"

"她为什么不报警？"我问。

"我听完后，发现她的情况比较暧昧。刚开始好像不是强迫，宥利认为自己在谈恋爱，但两人一见面就只有性，其他什么都不做。有一次，宥利说想一起去外头吃午餐，对方却冷笑说：'我为什么要跟你吃午餐？'当时宥利想结束这段关系，她从来没有正式对谁提分手，所以只是迂回地选择逃跑，逃避对方的联络。后来，男生的态度似乎有了一百八十度的转变，他会使用暴力、强迫的方式，然后又突然变得很亲切，把宥利的心玩弄于股掌之上，为所欲为。宥利觉得就算报警也没有人会相信自己，她说自己的绰号是'吸尘器'。"

"她认为大家都会站在男生那一边吗？"我问。

姜胜永点点头："对，她是这么说过。"

如果是贤圭学长，大家当然会站在他那边，没有人会相信宥利。

"宥利的确向他人求助过，她去找了系里一位值得信赖的女老师。听说是经常开设女性主义课程的老师，宥利很信赖她，老师却劈头就问宥利是不是勾引对方，要她别拿恋爱这种说辞来制造麻烦。"

姜胜永露出苦涩的笑容，我猜到宥利去找了谁——原来她去找了李康贤。换成是我八成也会这么做，当时学校还没有女性中心，就算报警也无法保证他们会进行彻底调查。宥利是为了寻求建议才去找李康贤，假设对方是贤圭学长，宥利的主张就不会轻易被接受。当然，事情也有可能被彻底解决，确实有足够的可能性，但毕竟宥利被骗过太多次，不会这么容易相信。

"原来没人伸出援手啊。"话一出口，我顿时涨红了脸，想起自己刚才说了无视宥利向我求助的事。我当然可以辩解，不知道宥利要我帮什么，但我心知肚明，早猜到搞不好是那方面的问题，要不然宥利怎会向不太熟的我求助？

可是，为什么偏偏是我？假如丢尽颜面，隐私被暴露在众人面前，遭人误会后，人们却依然不相信自己，自然就不想对任何人说，我也很想放弃。不，我已经放弃了，所以现在才会回到安镇。

"她想一死了之，加上她又是个没钱的穷学生，根本不可能做什么激光手术。我也很清楚，宥利是会让人倍感压力的人，她有许多夸张的举止，会毫不保留地去爱所有亲切待己的人。

我很像她，这不是因为孤单，而是处于愤怒状态，她是因为愤怒才想寻死，我也一直如此。"

他喝水润了润喉，我等他继续说下去。

"即便觉得脱离很久了，说起这种事，依然觉得很痛苦。"

"是啊。"我静静等待着。

他再度开口："当年我十岁，父母都过世了，所以委托舅舅抚养。没有人愿意帮我。舅舅总是说，欠债就必须偿还，还问我打算怎么偿还。从被收养再到被送到急诊室、医师报警前，整整过去了两年，那两年彻底改变了我。我，彻底变成了另一个人。"

他露出微笑。他至今企图自杀过三次，每一次都活了下来。他在接受访谈时表示："撇开冲动想死的时候不谈，我过得很幸福。这个世上有珍惜我的人，也会有想吃的美食，想买的东西也不少。想死，是一种突然涌现的冲动。我不会每天都感到忧郁悲伤，我很快乐。冲动只是非常偶尔才会找上门，而我只能被脑海中冷不防浮现的过去支配、破坏现在幸福的日常生活。我不想放任舅舅支配现在的我，我不会被支配的。"

"那是我第一次说自己的故事。我刚才说过，宥利很认真地倾听我的故事。我对她说了我把在医院拍的照片当成证据提交，要她收集证据，找出自己是被强迫的证据。结果她说，这些话已经在性暴力咨商中心听过了，他们也要她收集证据。我说，搞不好会有其他受害者，要她好好找找，她却说，确实还有一名受害者。"

我随即抬起头。竟然还有一名受害者，这是什么意思？这件事正朝着我无法招架的方向发展。

"是谁呢？"

姜胜永摇摇头："她只说是朋友，是大学同学，但她说反正对方不会帮忙。"

"为什么？"我觉得口干舌燥，忍不住吞了吞口水。

"因为对方绝对不会说出那件事，而且她也不想告诉那个朋友，至少不想被那个朋友发现。说着说着，她开始责怪自己没出息，也觉得很羞耻，明知这一切却不去追究，实在太傻了。明明心存疑虑提防着对方，但对方一对她好，马上就又心软了。她心想，他应该不是那么恶劣的人吧，应该是有什么苦衷吧。我不知道这是什么意思，不过她和这个男生之间好像有什么故事，但她没有告诉我。我猜她应该是为了保护其他受害者吧。在我看来，宥利看似将一切开诚布公，但真正重要的事绝对不会开口。她说，反正现在那个朋友跟一个谁都不敢招惹的人交往，所以很安全。听说那个男人很有影响力。我也不清楚，因为不晓得内情，也只能凭听到的去理解。"

"我一直很后悔，为什么没有进一步去帮助她，如果当时再积极一点，也许情况就会不同，搞不好宥利就不会死。说不定意外发生时会和我在一起，好比整理证据，对我说出内心话等，至少她不会孤立无援。我独自想了很久，那个男生究竟是谁？是教授的儿子，还是学校相关人士？否则宥利为什么如临大敌？我很想知道这些，但宥利死了，在没有当事人的状况下，我什么都做不了。因此，在您跟我联系时，我觉得很高兴，哪怕是现在，我也希望能够帮上忙。"他又小心翼翼地问了我一句，"请问，您知道是谁吗？"

我从刚才就一直屏住呼吸。

和我们系里绝对不能招惹的人交往的女同学就只有一个。我握住杯子，身体忍不住发抖。

是你吗？

你也曾经那样吗？

"这怎么可能？"我喃喃自语，身体不停颤抖，手把杯子握得更紧。

那种事，也曾经发生在你身上吗？

"但是，她一直说没有自信，不知道谁会相信自己。我最后一次见到她是在十二月初，她说该搜集的证据都到手了。她写下自己记得的一切，也申请了诊断书，但依然很焦虑，不知道光凭那些够不够。"

"她担心大家不相信吗？"我觉得自己的眼泪快夺眶而出。

"对，而且她说只要见到那个男生，就不会觉得自己是被性侵。我告诉她那是她的错觉，结果她哭了，说自己真的会产生那种错觉。此外，她也担心记录没有法律效力。起初她是带着要检举的念头才记下来的，但她担心会被说是想引诱对方性侵，毕竟这不是在某人突然出现、干下坏事后才记录的内容，所以也不无可能，毕竟准强奸很难举证。"

"啊，我真的很讨厌这个说法。在强奸前面加个'准'字像话吗？男生则是一副'你又没有明确说不要'的态度，即便宥利表示自己拒绝过，他也会说'你有哪一次是真的不要'。反正说来说去都是那一套。"

我用双手捂住脸，突然很后悔自己来赴约。不，不可能，是我太敏感了，是我又胡思乱想了。我再次想起那个声音。你不想认同我，所以才折磨我！没错，这是事实。我曾经很嫉妒你，也很恨你，现在才会有这种离谱的想法。不会的，不可能有这种事！

"我的舅舅，"姜胜永说，"每次都会要求我写一封信。"

我放下双手，凝视着这个拥有结实体格的人。也许这个人是为了避免再次经历那种事，才会选择健身。当然我们都很清楚，世界上并不存在什么"该被随意对待的人"，只不过那种事很不幸地发生在了某人身上。而对另一些人来说，确实存在着就算蹂躏践踏也无所谓的对象。

足以让我摆脱恶意，让我绝对不会被盯上的是什么？只要变强不就行了？从十岁到十二岁，没有任何人保护、娇小柔弱的年幼少年，也许曾经埋怨自己的身体。假如我当时能变强一点，能强到足以打倒对方就好了。为什么，为什么最后全怪我呢？我明明没有做错事，为什么老是觉得是我毁了自己？

"信上的内容很简单。是我自愿和舅舅发生关系，是我做错事才会被舅舅打，全是我的错。"

我静默不语。这人怎能如此沉着冷静地说出这些？他说，他知道的就是这些了，似乎真心为宥利之死感到沉痛。搞不好，这人是唯一没有用"性"的眼光看待宥利的男人。宥利是否从他身上获得安慰，或者预见了更黯淡的未来？总之可以肯定的是，宥利很努力想摆脱那个情况。她企图自杀，做了记录，也接受了咨商，会不会还有别的呢？

宥利，还有秀珍。

我无法完全否定其中的可能性，整件事太吻合了。就算小说是被捏造出来的故事，但如果没有前因后果就不可能成立。秀珍与宥利，也许就是因为这样才成为朋友。但和贤圭学长开始交往后，秀珍自然不可能主动插手宥利的事。她一定想抹掉这段过去，希望成为一张干净的图画纸，撕毁已经失败的画，在洁白的画纸上重新作画。那么，宥利打算做什么呢？她一定很好奇除了两人之外，是否还有其他受害者。没错，她一定想找到那个人。

其他人，宥利和秀珍以外的他人。

这时，姜胜永好像想起什么。

"啊，对了，那个男生经常对宥利说这句话。"

"是什么？"我的声音微微颤抖。

"当宥利哭泣或感到痛苦时，对方就会说：'你听了别不高兴，但你有被害妄想症。’”

我呆坐着，什么话都没说，也没有任何想法，我什么都做不了，身体不停打战。现在我懂了，这下真的完全听懂了。

姜胜永吃惊地问："金贞雅小姐，您没事吧？脸色怎么这么难看？"

我站起来，恶心感突然涌上，我奔出咖啡厅，看到眼前有根电线杆，立刻在那下方吐出了涌上喉头的东西，空腹所喝下的咖啡原封不动地呕了出来。

老实说，从一开始我就知道了，猜想或许会是那样，只是不愿意那样想，因为那等于是将画纸撕破，因为我没有经历过。

那样的事没有发生在我身上。

当时你气得发抖，听到我说在夏天那个艳阳高照的日子看到你而大发雷霆。当时我只觉得自己说错话，感到惊慌又抱歉，所以即便你折磨我也只是默默承受。我认为自己应该要承担这些，因为多年前我冷酷地抛下你，你才会想对我报仇。为什么我就没有想到其他可能性呢？为什么就没有想到，你其实内心很恐惧，生怕有人会发现这可怕的事实？

当时在巷子里，你突然出现在我面前，其实你看起来是在等我。你说希望我可以帮你，之所以如此，不是因为我们说过几次话，也不是因为你经过时偶然遇见我。为了向我求助，你在那儿苦等许久，因为，那个问题只能和我商量。

"金贞雅是个‘说谎精’。"

会说那句话的人就只有一个。打从一开始我就知道，却一直装傻，担心这会是真的。我不想再撞见你，希望能彻底忘记，因为你不曾出现在我的人生中，因为非如此不可。干净的画纸，被撕下的白色素描本，我希望能够重新作画，但那只是徒劳无功，我所做的不过是胡乱涂上各种色彩去掩盖底图罢了。我心知肚明，只要我不愿正视底图，再次涂抹上色只会让画纸变得更不堪入目。我无法当它不存在，因为它切切实实地发生在我身上。

你和你，以及其他人。

"你是说谎精。"

这是分手那天，东熙对我说的话。

秀珍

我一回到家就听见浴室传来了水流声。老公今天提前回来也没告诉我一声。我很不想走进房间，四天前被贞雅甩了一巴掌的右脸到现在还隐隐作痛，虽然知道是心理作祟，但每次照镜子时，都会觉得脸蛋变得像石头一样硬。

"人跟人之间……"

耳畔好像响起贞雅的声音。她真是太可笑了。其实那天没有把想说的话说完，应该要再狠一点的，但又忍不住怀疑自己还能说什么。那天我回家后，一边给脸颊做冰敷，一边盯着书桌抽屉许久。抽屉内侧的角落放着宥利的日记，十一年前翻阅过后就再也没拿出来看了。我一直有机会扔掉它，毕竟先前搬过三次家，每次换季都会大扫除，家具也更换了两轮，书桌都换新了。每一次，我都会把宥利的日记移到其他地方放，老公对我持有宥利的日记的事完全不知情。打扫完宥利的家后，他再也没有提过宥利的名字，似乎很满意自己把该做的事都做完了，就像他帮助家境有困难的学弟、学妹，无私地把钱借给朋友，以及得知一切结束了，为此感到安心时一样。

多年前，贤圭向我告白时是这么说的："你好像很害怕人群。"
他接着说，会待在我身边，一辈子待在我身边。

这番话是如此温柔多情。他充满自信，似乎从没想过可能
有万分之一的机会被拒绝。他选择了我，他的世界因此而完整。
那么，我的世界呢？万一他下定决心要离开我，届时我也要一
声不吭地接受吗？但当时我没有多想，也没表示自己是率先渴
望两人能建立关系的人，我只是惊叹于事情比想象中顺遂，迅
速抓住了来到眼前的好运，至今也一直紧抓不放，认为这是一
种幸运。

他走出浴室，全身散发热气。

"回来啦？"他边用毛巾擦拭头发边问。

我没有看丈夫。人跟人之间不该这样？金贞雅错了，人可
以对另一个人做出任何事。我一直将真相存放在心底，活到现
在。以为东熙被系里赶出去只是我的错觉，东熙只是忙着念书
才没有参加系里活动。只要是人，都会以自我为出发点思考一
切。我讨厌被大家当成嚼舌根的话题，被指指点点，所以以为
只要把东熙逼到绝境，他就会知难而退，但其实东熙只是不想
和不符合自己水平的大学生玩在一起。早在去当兵前，东熙就
忙着参加研究所的活动，为将来打算。即便我阻挠他领到勤劳
奖学金，或是大家把他和贞雅之间的关系拿来大做文章，他都
不会动摇。

东熙确实再也不敢乱动我，但也仅此而已。我没办法践踏东熙，东熙也没有被践踏，他连我在攻击他都浑然不觉。东熙退伍后，当上系学生会会长，和新生谈恋爱，拿到人文学院最高分，并拿着奖学金顺利进入研究所。他会隔三岔五地和贤圭联络："大哥，您在做什么？""大哥，今天忙不忙？""大哥，要不要一起去喝杯酒？"贤圭认为东熙是个亲切又聪慧的学弟。得知两人偶尔会单独一块喝酒后，我被恐惧包围，担心两人会不会讲到其他话题，又或者，两人早已知道了什么？

有一次，我悄悄向贤圭打探，想知道东熙是否讲过自己的事。

贤圭回答："东熙讲你的事？啊，你和东熙是同学呀。"

他说东熙不曾提起我的事，只有简单问过一句："大哥，您和女朋友相处得如何？"

对东熙而言，我不过是贤圭的女朋友。说得准确些，他还有点对我身份的尊重。借用他的说法，东熙好像连对我做过的"失误"的事都毫无印象。东熙怎能若无其事地和贤圭联系？还是他并不认为自己对我做了什么，还是觉得对我做了什么都无所谓？无论我们之间发生过什么，都没有了不起到不能见他尊敬的大哥。

我无法要求贤圭别和东熙见面，并不是害怕被贤圭发现秘密。有时，我甚至觉得贤圭和东熙没什么两样。假如他那么喜欢东熙，看到东熙就会产生关照他的念头，那么贤圭终究不也和东熙是同一种人吗？这样的怀疑总会让我忍不住想起宥利。

宥利的日记，无数个"○"与"×"。

贞雅说，有人欺负宥利。我早在第一眼看到日记时就想到了，这是我每次想起就会立即掩埋的念头。我深爱贤圭，因为生命中不曾有比贤圭更好、更优秀的男人，所以我深爱着他。不，世界上没有任何人比得上贤圭。我的爱在与贤圭一起的时光里持续膨胀，宛如蓦然在某日开始跳动的细胞，在翌日张开了手指，隔日又伸出了腿，塑出有生命的脸孔，出生后依然马不停蹄地成长的生命体。

我对贤圭的爱仿佛有了生命，无法停止地成长，只有一个问题，就是宥利、东熙的脸会与他的脸重叠在一起，不停折磨着我。我可以将所有的爱都给贤圭，交付自己的一切，但那些脸却阻挠了我的勇气。

你当真认为他能够信任？长达十二年的岁月，每当感到痛苦时，我就会思索"死"这件事。不是因为我想寻死，而是我希望东熙可以死掉。我祈祷他碰上车祸，或有人残忍地用刀捅死他，就像知道自己秘密的宥利一样消失在世上，再也无法提出任何问题。我希望东熙能彻底人间蒸发，那么，也许我就能获得完整的幸福。

"你怎么了？"

丈夫关切地问了一句，我抬起头，无数问题在我嘴边打转。我必须做出选择，要是让那些问题倾巢而出，也许自己就会迎向截然不同的未来。如果选择缄默，目前的日常就会延续下去，就像什么事都没发生一样，并非像记忆中发生过一样。

"没什么。"

就在我打算从餐桌旁起身的刹那，丈夫问："什么叫没什么？"

我转过头，丈夫一脸落寞地看着我。

"真的没事吗？"丈夫叹了口气，走近餐桌，一脸坚决地坐在我面前，像是做了什么决定。

我有时很好奇，为什么身边经常有人离开自己。妈妈、贞雅，现在就连丈夫都打算离开自己。当然，留在自己身边的人更多——外婆、朋友们，还有到今天为止的丈夫。回顾整个人生，比起拿着刀抵在我心上的人，伸手温柔轻抚的人更多，而我却无法忍受那些细微挠痕的存在。

即便从小没有妈妈，贞雅又狠心抛下我，我仍过得很幸福。即便在东熙对我做出那种事却悄悄脱身后也一样。总之，我都走过来了，我不是那种会沉溺在不幸中的人，顶多只会动摇一下。但每当遇上不幸的关口，我就会将幸福的时光忘得一干二净，因为我会听到某个声音，警告自己至今所拥有的一切不过是假象，总有一天会烟消云散的声音。因此，我不能松懈。

"看到你时，我总觉得心里有疙瘩。"

听到丈夫这么说，我的心瞬间受了伤，无论怎么故作镇定，我终究还是被这句话给伤害了。有疙瘩？你以为我就好过吗？

"为什么？"我问。

"你觉得呢？"

我猛地站起身。他一副我做错了什么的样子，要我自己去发现，要我赶紧承认自己做错了什么。我不想再多谈，到此为止吧，过几天就能聊点别的了吧。

但我忍不住顶嘴："你就没想过问题是出在自己身上吗？没想过你让我觉得不自在吗？"

"我让你不自在？"

这对话根本是在鬼打墙。我不禁又想，真的到此为止吧，这样的对话根本毫无意义。

"对，我觉得不自在，"我的语气尖锐，"这种不自在的感觉逼得我快发疯，你不说清楚问题是什么，也不解释原因，只把这里当宿舍一样来来去去。到底问题在哪里，你说了我才知道啊！"

"是啊，说了才会知道。"把我的话重复一次后，他便闭上了嘴。

我气炸了，他先是扰乱了我的心情，又什么都不说。

我正打算进房间时，他又开口："你怎么不老实说想要孩子？"

我愣在原地，一时哑口无言，但很快便整理好思绪，缓缓回答："你在说什么？我不是说没关系吗？"

他凝视着我："你以为我不知道吗？"

我不发一语，脑海一片空白，当下真的什么想法都没有，只想结束这场对话，进房睡觉，早上再若无其事地起床。我想和丈夫一起吃早餐，到咖啡厅上班，度过充实的一天。我心想，你究竟知道了什么？

"我知道你会偷看那些幼儿园的孩子。"

我没有回应。

"我知道你每天点进朋友们的页面欣赏孩子的照片，在咖啡厅时一有空就会逛童装购物网站，也知道你在百货公司时曾拿儿童运动鞋看。"

我欲言又止，知道不管自己说什么，他都无法理解。贤圭与我的孩子，这是指在我想要的状况下，和自己期望的人有爱的结晶，也意味着是亲手打造未来。

没错，我是想要小孩，但我觉得这搞不好只是荷尔蒙在作祟，是母性本能随着年纪增长而蠢蠢欲动，所以另一方面又不想要有孩子。这个想法虽出自我的脑袋，但我并不相信自己。

而且，每当想到孩子，我就会想起宥利的日记，变得焦虑不安。我可以对这人的孩子负责吗？我能相信自己的孩子吗？当我知道和贤圭很难有孩子时，甚至暗自松了一口气。老实说，是彻底放下了心。但我又对自己的想法存有疑虑，想要有孩子与不想有孩子的想法，似乎全系于十二年前那件事。因为动了堕胎手术，所以这次我想自行选择有无孩子；因为动了堕胎手术，所以这次我想自行选择不要有孩子。

发生那件事后，我再也摸不透自己真正的心思，我会时不时看孩子的照片，听他们的声音，确认自己是不是真的想要有孩子。但越是这样做我就越混乱,只有一件事是肯定的——我不想对贤圭提起孩子的事。我不想伤害他,如果我说想要小孩,他就会不停自责、陷入绝望;要是我说自己不想要小孩,他也会埋怨自己,认为我是因为他才死了这条心。不管是哪种情况,我都不愿意见到情况的发生,但我很难解释这些复杂的情感,于是干脆闭口不谈。

我继续保持沉默。

他用悲伤又心痛的表情看着我:"你看,你总是什么都不说,以为我不知道你根本不相信我吗?总是怀疑我会变心,经常感到不安。但是秀珍啊,你埋怨我也无所谓。你必须尽情埋怨,才能正视下一步。这是我们的人生,你我是在一起的,我们过着彼此的人生。尽管如此,我依然默默等着,等你率先开口谈这件事。你认为我一辈子都活在称赞中,坐拥一切吧?但我这辈子最大的梦想是你,是你能全然信任我,就像我深爱你那般。如果你信任我,只要你能信任我,我什么都能办到。我告诉自己,总有一天会有所改变。"他的语气缓慢而坚定。

我带着些许沙哑的声音开口:"你说我哪里没有变?"

他目不转睛地看着我。面对自己所爱之人,我要怎么对他说明,因为不想伤害他,才什么都说不出口。我始终想给你我的全部,自从遇到你后,我过的一直都是我们的人生。我该怎么说呢?

终于,他说了:"河宥利的日记,我知道你一直留着它。"

我们凝望彼此。我已经怀疑这件事许久，疑心犹如树叶的叶脉般伸展，我一直都明白，能够稳住怀疑的枝干的人是自己，一旦松开手，让相同的事再度发生，自己就会陷入绝望，而且再也无力爬起来。我明白，金东熙在自己的人生中根本什么都不是，尽管他留下了极为深刻的伤口，但我还是跨越那段岁月存活了下来。金东熙这种人绝对无法支配我的人生，因此，我真正害怕的只有一件事——

　　刘贤圭，我愿意为之付出一切的人，倘若他转身离去，我绝对会招架不住。

玛丽安，无数的玛丽安

有部来自遥远南方的小说，写下那部小说的女人说，哑巴经常默默听着别人的故事。大家都说，无法说话的哑巴给了他们安慰。但哑巴真正想要的是回到朋友身边，回到他深爱、信任且怀念的哑巴朋友身边，走在挑选水果和糖果的熟悉街道上，迎接一天的结束。他们拥抱着彼此的故事。

我们是哑巴。

我们是玛丽安。

《简·爱》是个关于勇气的故事。还记得初次读完它后，我将那本书借给秀珍，秀珍看完后又还给我，我们谈论起勇气，深信往后自己也会成为简·爱。

秀珍没有问我为什么叫她来，她只是坐着看我走进来，轻轻点头示意。我坐在秀珍对面，谢谢她愿意来见我。有好一会儿，我们只是静默不语。

我苦恼了好几天，告诉秀珍这件事的决定是否正确，又有何意义。虽然大家都说真心能感动上天，但那真的很老套，搞不好只是因为传达真心能让我一吐为快罢了。倘若只是为了自己好过一些而吐露秘密，这就和传达真心一点关系也没有。

　　刚开始我想，我什么都不会说的，毕竟我们已经走得太远。姜胜永说，我们没必要被过去牵绊。他说得没错，但假如过去到现在都没结束，那又该怎么说呢？假如我至今仍行走在静止的指针上呢？

　　我想起李镇燮，他是覆盖在我的过去上的另一段过去。每次对我施暴后，他都会变得抑郁不已，希望求得我的原谅以减轻自己的愧疚。他买礼物，送我那些以我的经济条件来说负担不起的皮包、衣服和项链。即便以他的收入来说，买这些东西也都是不小的压力。我以为他是真心感到抱歉才送我，所以才收下——不，这是在说谎，我确实也对那些东西起了贪念。我想着他对我的伤害，认为自己理当收下这点礼物。但那是个陷阱，礼物随着暴力的延续而增加，我开始在约会时不出钱，偶尔还亲自挑选想要的礼物。

　　见他面有难色，我还冷嘲热讽："你把我打成这样，就连这点事都做不到吗？简直和乞丐没两样，你没资格打我。"

　　从某一刻起，他向我道歉时递给我的物品，成了打我前预先支付的赔偿金。我说，之所以不敢报警举发他，是因为我会害怕。没错，我害怕别人会说我拿了应有的报偿，竟还卑鄙地报警；我害怕大家，害怕其他女人说我自贬身价，把自己给卖了，最后没人愿意伸出援手。真可悲，可悲的人是我。支配我的不是他，而是关于自己的记忆。

那天，见到秀珍的时候，憎恨的情绪包围了我。我憎恨过去、未来，还有那一刻我打算说出的事，可是，我必须说出来。

"只要第一颗纽扣扣错，就不可能穿好衣服。我并不认同这种想法，只要重新解开再扣就行了。如果再次失败，那就从头再来一遍。"这是姜胜永的建议。他说人生随时都能重新开始，随时都能改变。

但是，假如我一直都认为自己没有扣错纽扣呢？没有发现哪里出错，就这么活了一辈子，纽扣始终错位；或者，假如我一直佯装不知纽扣扣错了呢？

姜胜永八成会说，要好好抬起头，假如继续装聋作哑，衣服就会继续歪斜扭曲，迟早会走到无法挽回的地步。当然，他绝对不会说出这种毫无希望的话，但他会说，装聋作哑得越久，往后要承担的时间也会越长。

因此，我非向秀珍坦白不可，倒不是为了从她那儿听到什么回答或征求她的同意，只不过是说出多年前早该对她说的话，因为那正是我扣错的第一颗纽扣。这并非单方面要求对方体谅的真心，而是如我所说，它是扣错的纽扣，是从歪斜不整的衣着上显而易见的真相。

"二十一岁那年，"我开始说话，秀珍凝视着我，我没有回避她的眼神，"和男友交往大约一周时，我们第一次去旅行，地点是在西海岸。我们烤了贝壳，一起去了旅馆。也许有人会说，去之前怎会没想到这件事，但我真的不知道会发生什么事，我以为这就跟女生朋友们去玩没两样。当然，我没有傻到不知道男女独处时会发生什么，只不过没想到'我'会跟对方发生关系，因为我把别人和自己分成两种人来看了。总有一天会有性经验吧，但我一直以为不会是现在。我以为男友想法跟我差不多，毕竟是我交往的人，很自然就认为大家都跟我想的一样。男友也没有表现出来，我们聊着学校、求职、父母、食物等每天都会聊的话题，但一进房间后，气氛就不一样了。

"男友像是等待已久般，理所当然地褪去我的衣服，我当时很慌张，这时男友说：'你不也是想发生关系才来的吗？'我否认了，但讲得很没自信，因为确实是我自己跟来的。接着男友只回了一句：'哦，我知道了。'他随即躺到床上说：'啊，还以为你个性很豪爽，没想到这么土里土气。'

"你也知道，我是在乡下出生长大，现在虽然不会把那种话放在心上，但当时很讨厌被说土气。谁不想成为新潮的人？我也一直梦想成为自信的职场女性、豪爽的女人，也相信自己有一天会达成。那句话伤到了我，气氛变得很僵，但他看起来比我还生气。嘴上说没关系，看起来却超级不爽。我不过是表达不愿意罢了，他干吗这样？让我以为自己是不是做错了什么，或做了什么让男友误会了。看他说得理直气壮，大概是从我这儿感觉到了什么，难道是我不自觉地诱惑了他？我们俩就这样默默坐在床沿，这时男友用非常惆怅的语气说：'被当成那种

精虫冲脑的家伙，我有点难过。我自以为很尊重你，但现在你应该觉得我是垃圾吧？'

"那一刻，我感到非常抱歉。我怎么可以这样？想到自己伤害了男友，不由得有些不安，万一我就这样失去这个人怎么办？我不曾向任何人提起这件事，也没对丹娥说过，你是第一个知道的人。我很害怕，害怕听到别人说我是那种会死缠烂打、担心被抛弃的女生，害怕其他女生说我是女人之耻。毕竟宥利的遭遇我看到过，那些针对宥利的无数话语是如何蚕食了她。你还记得吗？

"大家都说宥利丢了女生的脸，说那种女生没资格被保护，也没必要帮她。我们批判男生大聊特聊女生的私生活，却又任由他们批评宥利，只因为我们不认为宥利能够在女性的权利里分到一杯羹。她不过是想被人爱，却不懂得在那之前必须先珍惜自己罢了。你记得吗？关于宥利，我也说了很多难听的话。当时我并不晓得，想讨好某个人的想法，也许和放任那个人踩蹦我的想法相似。

"我们静静躺在床上，大约过了十分钟，男友爬到了我身上。我用手轻轻推他的胸膛，暗示他退后，但我当时变得很心软也很困惑，所以没有强烈拒绝。我连自己面临什么状况都搞不清楚，又怎知道该怎么做？他用力抓住我的手腕，我觉得很痛，试着挣脱并要他放开我。但是秀珍，在这之前，我真不知道男生的力气会这么大，也从来没被男生打过，不知道男生使劲打人时，我的身体会像豆腐被压碎般裂开。我总以为只要我用尽全身力气抵抗，即便男生把我逼至绝境，仍能全身而退。

"他个子很高，用身体就几乎能压制我，于是我明白了，无论我怎么死命挣扎都赢不了他。我不再抵抗，反正也摆脱不了那个状况，甚至还对他感到抱歉，我还能做什么呢？我整晚都没合眼。我现在做了什么，发生了什么？我甚至还心想，我真的很土吗？这算什么，反正和男生交往就要懂得收放自如嘛，何必大惊小怪？我不晓得自己该如何接受那个状况，而那段关系，维持了四个月。"

秀珍一言不发，我喝了口水，继续说下去。

"我希望别人认为我是很酷的人，想让其他人看到的那一面剥夺了我真正的意识。尽管如此，我仍认为那是在谈恋爱。对我来说，身边有人才重要，即便不曾有被爱的感觉。男友会在我不愿意的情况下强迫发生关系，就算我真的说了'不要'也一样。在我生理期、身体不舒服时，他从我身上满足了自己的欲望，我也以为这是我想要的，是我愿意的，所以我们才会在一起，毕竟这又不是有个强盗持刀从巷子里跑出来叫我脱掉衣服，也不是我抵死不从，他仍不愿罢休。

"我不想承认自己被盲目地牵着走，这太丢脸了。现在竟然还有这种被牵着鼻子走的女人，那居然就是我。我不想被这样看待。我是现代女性，我只做自己想做的事。性算不了什么，它什么都不是，不具任何意义。但我的状态很糟，有时忍不住会哭。被迫发生关系后，我因为搞不清楚状况而哭泣。我无法相信，这明明是我的人生、我的身体，我却什么都控制不了，也没办法告诉任何人。我都不相信自己了，又有谁会相信我？男友用不知所措的表情看着我，他真的无法理解我的心情，不知道我为什么有这种反应，究竟问题出在哪里。问题，好像只出在我身上，他还曾用担忧的口吻对我说了一句话。"

秀珍和我依然看着彼此。小时候，我们经常一起在农田附近嬉戏，只要看着眼前一望无际的农田，心脏就好像快跳出来似的。晚霞将整个世界渲染成朱红色，空气中饱含当天最后一丝阳光，散发出肌肤松软的香气。我们尽情享受凉风，奔跑至田埂尽头，被染红的日暮时分犹如充满爱的笑容般温柔。

只要回想童年，脑海总会浮现这些画面，回想起两个对世界充满善意与期待的少女。我们话说得不多，我们是哑巴，就算不发一语，世界的故事也已经在我们体内。只要伸出手，太阳就会为之震动。那时的我们深信着，只要我们想要，任何事都能办到。倘若能有一次回到过去的机会，我一定会毫不犹豫地选择那一刻。回到那时候，和秀珍手牵手一起奔跑；挽着她的手臂走遍整个村子，将所有人的言语吃个精光。我们将水果和糖果放在彼此手中，不断走在那条漫长的田埂上。只要能有一次机会回到过去，我愿意欣然交出一切。

我再次开口："东熙说了：'你听了别不高兴，但你有被害妄想症。'"

第一个纽扣。

但这不是我真正想对秀珍说的话。我调整了一下呼吸，秀珍依旧一言不发。

我唤了一声："秀珍。"

秀珍回答："嗯。"

我之所以来这儿，只有一个原因——我有真正想说的话。我看着你那在悠远记忆中熟悉的脸庞露出了微笑。就算你不愿意接受也无妨，因为这句话不是为了减轻我内心的负担，不是为了传达我的真心，好让自己解脱，而是我必须对你说的话。你没有接受这句话的义务，更无须去理解，但我有这个义务。因为这是在承认发生在我们之间的某件事，承认我所犯下的某个错误。你问我发生了什么事，我犯了什么错。这是发生在我身上，真真切切的事，是我的第一颗纽扣。

这是我真正想从金东熙和李镇燮口中听到，认为他们必须对我说、却不曾听到的，而我也终究没有对你说的话。那句话，始终藏在我的心中。

"秀珍，我真的很抱歉，当时把你一个人丢在那里。"

真的很对不起。

第三部

还有，给伊英

这是最后一个故事了。

几天后，秀珍打了通电话给我。我们见了面，她把宥利的日记交给我，也说了很多事，发生在她身上的事。

没过多久，听说他们夫妻分居了，好像是因为秀珍的某个误会，两人之间产生了嫌隙。这种八卦一下子就传开了，大家窃窃私语，说秀珍犯了大错。

那天，我没有从秀珍口中听到有关贤圭学长的事，所以只能从大家口中去猜测秀珍发生了什么事。小道消息中的秀珍仿佛化身为传说的主角，她是违背"不能正眼看丈夫的脸"的妻子，被警告不能好奇丈夫的真面目却不听从的少女，以及听到被嫉妒蒙蔽的姐姐们说的话后，像个傻瓜般被蒙骗的愚蠢女人。

深夜，她捧着烛火俯视他的脸庞，一滴烛泪滴在丈夫的肩膀上，终究唤醒了神的诅咒。所以说啊，为什么要照亮丈夫的脸？既然别人要求你别看，你就该遵守到底啊。愚蠢的女人，被下三烂的伎俩蒙骗，一脚踢开了幸福，为什么不相信他的爱？是啊，直到故事的最后，女人始终那般愚蠢。因为她违背了别人千叮咛万嘱咐的交代，喝下了会永远沉睡的药水。在众神祇的面前，她趾高气扬地喝下了药水。

"我再也不会被你们的诅咒牵着走，这不是你们下赐的死亡，而是我选择的长眠。"

为了佯装不知被宿命束缚的事实，我们相信必须自行做出选择。但也许，在宿命面前，我们唯一能做的终究也只有选择。有很长一段时间，我只记得回到家的丈夫将睡梦中的她唤醒的画面。

我暗自为秀珍祈祷，愿她能够幸福。无论她做出何种选择，那都是为了她自己，是以她的意志做的选择。我说这话不是想证明自己确实希望她幸福，而是那天秀珍亲口对我说的话。

秀珍说完后，我将计划告诉了她，她认真地点点头，补充说如果能帮上忙，可以把她的故事说出来。我问她是否真的没关系。

"当然不，这件事我并不乐见其成，也很担心家人会被指指点点，但如果需要帮忙，我愿意出面，反正该做的事就去做。最近，我第一次感受到自己在过正常的生活。"

我不懂这是什么意思，只是静静听着。

她继续说："虽然到目前为止，我都深信这一路走来是我自己的选择，但那仅是为了让自己觉得钥匙掌握在我手上罢了。我自行走进了这扇门，就有办法打开。但事实上，这不过是拿着一把打不开任何门的假钥匙在自我安慰罢了。但现在不同了，因为门不是只有钥匙才能打开。无论做什么，我都会没事的。当然我也可能会完蛋，不过终究会好起来。"

那一刻我明白了，秀珍真的会没事。但我大概还是无法确信。尽管会有小道消息，有人在背后窃窃私语，秘密被写在纸条上到处传来传去，但凭这些无法得知任何事，因为我们再也无法成为朋友，倾听彼此的内心。讽刺的是，虽然其他事说不准，这一点倒是可以确定。因此我所能相信的，就是回想那天秀珍说的话，对此保持乐观。这个记忆在我体内的事实，让我感到很开心。

事实上，在那之后我们就没有再碰面，至今也没听说秀珍的消息，所以不知道她和贤圭学长后来怎么样了。

倘若有人问我过了多久时间，嗯，我并不想说从那天到此时此刻过了多久。

故事真正的结尾是这个。

那年冬天到翌年春天，我将首尔的家打理好，回到了安镇，在一家小型旅行社找到工作，每个月会回八贤探望一次父母。年底时，我走进厨房打算帮忙料理食物，结果被妈妈教训了一顿。妈妈说厨房这么窄，要我去看电视，别在旁边碍手碍脚。

我忍不住问："真的不用帮忙吗？"

妈妈用一副"你在说什么"的表情看我。

我观察妈妈的神情，又说："因为妈妈有可能心里希望我帮忙，嘴巴上却不说嘛。"

妈妈一脸很无言地看着我："我哪有什么都不说？我不是叫你不要弄吗？"接着就要我去外头把分类回收桶清空，"你只要帮我做这件事就够了。"

妈妈要我顺便买冰激凌回来，我走出门外，天空正下起鹅毛大雪。

当冰冷的空气开始逐渐和缓时，我和丹娥到日本大阪旅行，去了一个名叫"岚山"处处是竹林的村落。走出森林时，享用了在村落入口处贩卖的鲜奶油蛋糕卷，蛋糕上放了一片绿油油的竹叶。

回来后，我发了消息给李镇燮。

"我现在什么都不想说，搞不好往后也会一直如此，但这并不代表我没有话要说。等手头上的事告一段落，整理好思绪，我就会跟你联络，所以别要求我马上跟你对话。"此外，我又补充了一句，"别以为这样就结束了。"

我突然领悟了，觉得自己终于过起正常的生活。

他没有回复我的消息。

我继续做自己的事，先将宥利的日记仔细读过一遍，然后去找姜胜永、伴奏者和所有认识宥利的人，将他们的回忆记录下来，录了音，其中也包括我。我把证词拿来和日记的记录相互对照，虽然还有许多只能凭推测，但也有能被判定为事实的部分。在宥利做了记号的日子隔天，有人看到她的手腕上有瘀青，也有人看到宥利参加系里聚餐时，见到东熙就落荒而逃；有人看到宥利和东熙坐着在谈话，也有人看到她在东熙面前哭泣，甚至有人看到东熙不耐烦地朝宥利发脾气。

但这些都年代久远，就证据而言，记忆的可信度不高，而我想找到更加确凿的证据。我继续去找其他人，尽可能不掺杂个人情绪，忠实地记述内容。虽然几乎没有人明确记得日期，但至少有人大致记得那个时期。我从他们的目击证词和宥利的日记一点一点拼凑，发现宥利看到东熙后逃走的时间点，与宥利频繁上医院的时期重叠；有人看到宥利和东熙在一起或看到她在哭的时间点，恰好日记上画满了"×"号。我用这种方式将目击证词和内容加以分类，对照宥利的日记，整理出时间区块，那些依稀可见的图案逐渐清晰鲜明，也看清了许多事，好比相较于不知道宥利发生什么事的人，对此不闻不问的人更多。

我也写下了最后一次见到宥利的日子：十二月八日。

前一天，十二月七日，宥利画上了"×"，那是标示在月历上的最后一天。

就像在修复年代久远的遗迹，过去的日期和事件于现今浮现，模糊不清的轮廓露出清楚的形体，显现出完整图案。我确定这本日记记录的正是宥利被迫发生关系的笔记，现在可以进行下一个阶段了。

也就是那些可以找到更确凿证据的地方，包括性暴力咨商中心的咨商内容、替宥利看诊的妇产科医生证词，以及宥利一定曾求助过的教授——李康贤的证词。

我不是警察或检察官，更不是受害者当事人，所以没有信心自己可以走到那一步，毕竟身为受害者的宥利无法为自己做证。可是，替宥利日记进行修复工作，不单是为了揭开宥利与金东熙之间发生的事，那只是一块碎片罢了。我正在做的，是替宥利将散落在各处的碎片，已经四分五裂、任谁都认不出原貌的老旧拼图拼凑出原貌。

*

那是在春天。

一走进安镇大学校门，雪白的樱花便随风飘扬，轻轻落在头上。我大口吸入花朵的香气，那是我记忆中安镇的味道。空气中还有湖水的腥味，我经常在雨天漫步，踩着被染上绿意的运动鞋一路走到这里，只为了欣赏被雨水打落地面的花瓣。我在雪白松软的道路中央走着，借此消除体内的恶臭。

过去曾经发生了什么事？又留下了何种记忆？

我走向人文学院那一带，金伊英如前一天通电话时所说，在人文学院的墙面前贴大字报。我朝她走去。

我说出事先准备好的台词，包括关于宥利和我的事，关于另一位虽然无法公开姓名，但只要她开口就愿意出面作证的朋友。也就是说，是关于女人的事，关于单凭女人的证词不晓得有没有用的几种可能性，还有关于知道可能性后，或许其他女性也会鼓起勇气站出来的事。

金伊英很慎重地接下宥利的日记，小心翼翼地翻阅。这即是故事开始的瞬间。是啊，这是很常见的结尾，反正我是个如老掉牙的故事般的人，不是吗？我是随处可见的人，这是俯拾即是的事，没什么好大惊小怪的事件。可是，我是始终存在的人。我不断写信给某人，独自埋首于书中的世界，记录下发生的每件事，做我能做的一切，这即是我的方法。

可是，有时这一切又像在捏造。我指的不是在记录发生在我身上的事时，而是在写下我犯了什么错时。我写了各种版本的记忆，写了又写。因为，老掉牙的故事通常只会写到主角关上门走出来，没有人知道该怎么做才能打开关上的门，或再度把门关上，所以有时，我会以你的名字写下什么。

在你的故事中，在你曾经想告诉所有人，却未曾有人读过的故事中，我们一起站在狭小的巷弄里，昏暗的灯光洒落地面，一道长长的暗影压制你的肩膀，你虽呼唤了我的名字，我却转身离开。

"贞雅。"

"贞雅，帮帮我。"

我望着前方，头也不回地走着，脑中想象自己看着那一望无际的农田，心脏却仿佛快炸裂般的画面，就只为了甩开紧黏在我身上的你的声音，为了遗忘我那被水腥味浸染的身体散发恶臭的事实。

可是，我在某一刻改变了主意。我转过身，你在我的眼前，我看着你再次迈开步子。因为在那个故事中，我是随处可见的人，经历着俯拾即是的事，虽然没什么了不起却始终存在的人。我必须那样做。为此，我在这个故事的最后，要说出最理所当然的回答——

好，宥利。

二十一岁，透亮的双眸。

然而，故事并未就此结束。能结束故事的人正是你，让一切故事开始的人，以及再次展开未来的人。或许，真正的故事现在才要开始。因为在故事的最后一页，一切画上句号的那一刻，要给出回答的人正是你。

是的，现在轮到你了。

宥利

日期 / 2006 年 12 月 15 日

急诊室患者个人物品保管袋

看诊编号： 19049

患者姓名： 河宥利

持有物品清单： 背包、皮夹、学生证、

化妆包、文件（课堂作业）

接收人： 无（报废）

✚ 安镇大学医院

期末作业

创作练习

2006 年 12 月 15 日

题目：他人

欧亚文化内容系

05 级河宥利

作者的话

我不会定义自己的极限，但会每天对它满怀期待。

愿宥利在天之灵安息。

姜禾吉

文治

磨铁图书旗下子品牌

更 好 的 阅 读

监　　制　潘　良　于　北

产品经理　胡马丽花

文字编辑　李楚姿

版权支持　冷　婷　朱　雯

营销支持　金　颖　黄筱萌　黑　皮

装帧设计　胡崇峯

封面插画　慢熟WORKROOM

关注我们

官方微博：@文治图书

官方豆瓣：文治图书

联系我们：wenzhibooks@xiron.net.cn

北京市版权局著作合同登记号：图字01-2022-7060

다른 사람（The next man）
Copyright © 2017 by 강화길（Kang Hwa Gil, 姜禾吉）
All rights reserved.First published in Korea in 2017 by Hankyoreh Publishing Company
Simplified Chinese translation Copyright © 2023 by BEIJING XIRON BOOKS CO.,LTD
Simplified Chinese language edition is arranged with Hankyoreh Publishing Company
through Eric Yang Agency
本书中译本由时报文化出版企业股份有限公司委托安伯文化事业有限公司代理授权

图书在版编目（CIP）数据

他人 /（韩）姜禾吉著；简郁璇译 . -- 北京：台
海出版社，2023.3
ISBN 978-7-5168-3493-0

Ⅰ . ①他… Ⅱ . ①姜… ②简… Ⅲ . ①长篇小说—韩
国—现代 Ⅳ . ① I312.645

中国国家版本馆 CIP 数据核字（2023）第 023372 号

他人

著　　者：[韩] 姜禾吉		译　　者：简郁璇	
出 版 人：蔡旭		责任编辑：俞滟荣	

出版发行：台海出版社
地　　址：北京市东城区景山东街 20 号　　　邮政编码：100009
电　　话：010-64041652（发行，邮购）
传　　真：010-84045799（总编室）
网　　址：www.taimeng.org.cn/thcbs/default.htm
E - m a i l：thcbs@126.com

经　　销：全国各地新华书店
印　　刷：河北鹏润印刷有限公司
本书如有破损、缺页、装订错误，请与本社联系调换

开　　本：880 毫米 ×1230 毫米　　　　　1/32
字　　数：180 千字　　　　　　　　印　　张：9
版　　次：2023 年 3 月第 1 版　　　　印　　次：2023 年 3 月第 1 次印刷
书　　号：ISBN 978-7-5168-3493-0

定　　价：48.00 元